瞬間、青く燃ゆ

葛城騰成　Tousei Katsuragi

アルファポリス文庫

プロローグ

俺は幸せ者だ。この世で一番の勝ち組だ。デートの最中、そんなことを考えていた。ストレートロングの髪をなびかせ、茶色のコートを着た彼女が、俺の横で微笑んでいたからだ。彼女の笑顔を見るだけで、心が弾んだ。一週間後に控えた期末テストのことなんて頭から吹き飛ぶくらいに、可愛いと思えた。

垂れ目なところも、デートの時だけうっすらと口紅を塗ってきてくれるところも、俺がプレゼントしたマフラーを巻いてきてくれるところも、全部好きだ。

雪が降るくらい冷えた世界など、繋いだ手から感じる温もりの前では無力だ。火に薪がくべられ続けているかのように体が熱く、心臓は通常よりも速く鼓動し、俺から冷静さを失わせようとする。寒いのに、手袋をしないで手を繋いでくれる彼女が、天使のように見えた。

「どうしたの？　やけに顔が紅いけど、もしかして緊張しているのかな？」

冷静でいようと努めるけれど、女性とお付き合いをした経験がない俺がかっこいいモードを継続できるはずもなく、すぐにボロが出た。そんな俺とは対照的に、彼女はいつも動じず、落ち着き払っている。年上の余裕だろうか？　一つしか歳が違わないのにどうしてこんなに違うのだろうと、不思議で仕方がなかった。

たどたどしく話す俺と、そんな俺を見て口を大きく開けて笑う彼女。笑顔と共に零れた白い息が、空気に溶けて消えていく。

「りっくんがくれたマフラーは暖かくて気持ちがいいねぇ〜。これさえあればどんなに寒くても大丈夫だね」

俺と繋いでいないほうの手を首に巻かれたマフラーに添えて、愛おしそうに目を細めている。

「今日はありがとね。私の洋服選び手伝ってくれて助かったよ。それに、りっくんがあんなお洒落な喫茶店を知ってるなんて思わなくてびっくり。頑張って調べてくれたんだよね？」

そう、そうなのだ。テスト勉強よりも集中して、デートプランを練ったんだ。女の子が好きそうなものをチェックした甲斐があったというものだ。そんな俺の努力を見抜いて感謝の気持ちを示してくれる彼女なんて、最高じゃないか。ジャンプして、「やったー！」と吠えてしまいそうになるのを抑えて、鼻を人差し指で擦りながらなんでもないことのように装う。

「ふふ、そうだよね。りっくんならこれくらい朝飯前だよね。さすが私の彼氏さんだ。頼りになるなぁ……じゃあ次のデートもりっくんにお願いしちゃおうかなぁ～」

ニヤニヤと笑みを浮かべながら、こちらを試すように見つめてくる彼女を見て、次のデートも楽しいと思ってもらえるように頑張ろうと、決意を固める。

「あっ！　でもちゃんと部活とテスト勉強を優先しないとダメだよ？　私のために頑張ってくれるのは嬉しいけど、それでほかを犠牲にしたりしたら怒るんだからね！」

人差し指を立て、母親のようなことを言う彼女に苦笑いを返す。せっかく妄想に浸っていたのに、最後の最後で現実に引き戻されてしまった。

「マフラーのお返しに、今度は私が誕生日プレゼントをあげないとね。りっくんが欲しがるものってなんだろうな～」

彼女は先程立てていた人差し指を唇へと持っていき、空を見上げながらわざとらしく悩む素振りを見せる。ちょっとあざとい気がしないでもないけれど、可愛いから気にならない。そんなポーズをされたらさらに顔が紅くなってしまう。心臓に良くない。

「ちゃんと勉強を頑張ったら、りっくんが欲しいって思ってるもの、プレゼントしてあげるね！」

俺は完全に、彼女の手の平の上で転がされているけれど、嫌な気はしない。むしろ、定期的にかっこいいところを見せないとなって思える。

「もう私の家の前まできちゃった。送ってくれてありがとう。楽しい時間はあっという間に終わっちゃうね。そうそう、なにが欲しいか考えておいてね。ちょっと早いかもしれないけど」

眉をハの字にして残念そうにしていたかと思えば、向日葵（ひまわり）のような満面の笑みを浮かべて手を振ってくれたり、こちらをからかうような目を向けてきたりと、彼女の表情は短い間にコロコロと変わる。俺はその一瞬一瞬を逃さないように目に焼きつける。心のシャッターを切るのだ。

彼女と別れて我が家へ向かって走り出す。今日の出来事を頭の中で反芻（はんすう）しながら喜びに浸る。あはははと高笑いしながら走る姿は、はたから見たら完全にやばい人に映っていただろう。だけど、そんなことは関係ない。天使のような彼女と二人きりの時間を送れる自分は、神に選ばれし者なのだから。

自宅に着くと、階段を駆け上がり、自室の扉を勢いよく開ける。そして、キャンバスを覆う白い布を勢いよく引っ張った。俺は決めたんだ。このキャンバスに愛しの彼女をこれ以上ないくらい可愛らしく描くと。そして、美術部の一員として誰に見せても恥ずかしくない絵に仕上げるのだ。

――そう思っていた時期が俺にもあった。

何事にも全力で取り組めて、この世のなにもかもが輝いて見えて、なんの根拠もなく希望に満ち溢れる未来を想像できた時が、俺にもあった。

いつもと同じ場所に、いつもと同じように待ち合わせより三十分早く着いて、彼女がくるのを待っていた。あの日、太陽を遮る鈍重な雲と腕時計を交互に見つめ、何度も確認していたのを覚えている。その間隔は、待ち合わせの時間が近付くにつれて短くなった。

やがて約束の時間が過ぎても、彼女は現れなかった。携帯に電話をかけても出る様子はない。彼女の自宅に電話をかければ、彼女の母親が出て、もう家をとっくの前に出ているという言葉を聞く。嫌な予感が胸を支配する。

俺はいてもたってもいられなくなって走り出した。街中を駆け回って、彼女を捜した。そして、見つけてしまう。打ちつける雨の中、アスファルトの上に散らばる絵の具と、大量の血を流して、うつ伏せで倒れる彼女の姿を。

六月二十六日、相場夏南が何者かに背後からナイフで刺され、命を落とした。その日は俺、春野律が十七歳を迎えた誕生日だった。

第一章　色に悩む俺たちの非日常

「天気予報のお時間です！」

　高さと幅共に十五センチメートル程のラジオから、女性キャスターの明るい声が自室に響く。俺はパジャマをベッドの上に脱ぎ捨て、ハンガーに掛けられたワイシャツを手に取る。一日中、晴れが続くという情報を仕入れつつ、ズボンを穿き、ネクタイを結ぶ。

　朝食を食べ終えた後、パジャマから制服に着替えるまでの合間に、ラジオを聞くのが習慣になっていた。

　勉強机の隣に置かれている鏡を見つめながら、ブレザーを着る。髪に寝癖がないか、ボタンを掛け間違えていないかなどをチェックして、一人頷く。ふと、部屋の隅に置かれたキャンバスが視界に入った。

　桜吹雪の舞う公園を描いたキャンバスが、イーゼルの上に置かれている。絵の中央には、白いワンピースを着たストレートロングの女性が描かれていた。しかし、女性の顔だけが描かれていなかった。目や鼻、口など顔のパーツはなに一つなく、真っ白なまま。

不意に、全身を鮮血で染めた夏南の姿が脳裏を過る。うつ伏せで倒れる夏南を、俺が見つけた時の映像だ。雨では流すことのできない大量の血、遠くで聞こえる救急車のサイレン、泣き叫ぶ俺の声。

嫌な記憶はいつまでも頭に残り続けるのに、俺は夏南の笑った顔を思い出すことができずにいた。

「律～そろそろ時間よ～」

「わかってる。すぐ行くよ」

母親の呼び声に応えて、机の横に掛けられていた鞄（かばん）を肩に掛ける。ドアノブを捻る直前、もう一度キャンバスを見つめる。

「行ってくるよ、夏南」

夏南の顔を描けなくなってしまったのは、彼女の表情を思い出せないことだけが理由じゃない。もう一つ深刻な問題を抱えていた。

「気をつけるのよ」

リビングの入り口に立っていた母親に声を掛けられ、頷く。

玄関へと進む歩を緩めることなくちらりと横目で母親を見れば、茶色のモヤを顔の周りに浮かべていた。

心視症。

そう呼ぶのが正しいのかはわからない。ただ、俺は夏南が亡くなってから、他人の表情を見ることができなくなった。正確には、他人が抱えている感情が顔の前に色となって現れるようになった。

例えば、前向きな気持ちの人には黄色のモヤが現れるし、悲しんでいる気持ちの人には青色のモヤが現れる。母親は、茶色なので落ち着いているのだろう。

俺は顔のモヤを見るだけで、色と感情の結びつきを直感で判断できるようになった。あくまでも感情の種類が色からわかるだけなので、なにに対して怒っているのか、どうして悲しんでいるのか、具体的な心境までは汲み取れない。

「行ってきます」

玄関の扉を開く。暖かい日射しに包まれた外へと一歩を踏み出す。

あと二ヶ月もすれば、夏南が亡くなってから一年が経つ。春になり、俺は高校三年生に進級した。心は過去に囚われたままなのに、将来について考えなければいけない時期がやってきてしまった。

思い出せないのは、笑顔だけじゃない。怒った顔も、困った顔も、泣いた顔も、なにもかもが俺の記憶から消えてしまった。夏南をなんとか思い出したくて、彼女と一緒に撮った写真を漁ってみても、心視症のせいで顔にモヤが掛かってしまう。

　唯一、心視症に対して良かったと思えることがある。それは、夏南の表情には愛情を示すピンク色のモヤが掛かっており、俺を大切に想ってくれていたのがわかったことだ。

　夏南と水族館デートをした時に買ったペンギンのキーホルダーが、鞄（かばん）のファスナーにつけてある。それが揺れる様を見つめながら、学校を目指す。

　キーホルダーを見つめるのは、他人の顔をあまり見ないようにするためだ。心視症を発症してから、人と面と向かって話すのが怖くなってしまった。言葉や態度ではなんでもないように振る舞っていても、内心では怒っており、顔の周りに赤いモヤを発生させているような人を何度も見てきたからだ。

　言葉と感情が異なっていることは、誰にだってあることだ。しかし、この病気にかかったことでそういったケースがあまりにも多いことを知り、他者を信じることができなくなってしまった。

　学校に到着した俺は、上履きに履きかえると、誰とも挨拶を交わすことなく、階段を上がっていく。

　教室に着いて自分の席に座ると、鞄（かばん）から取り出したイヤホンを装着し、音楽を聴いているアピールをして、誰からも話しかけられないようにする。

　夏南の表情を思い出せないこと、他人を信じられなくなったこと、他者の顔の周りにモヤが現れたこと。これらはすべて俺への罰だ。最愛の人を守れなかった罰を、科せられている。

午前の授業が終わり、昼食の時間がやってきた。生徒の多くは食堂へ向かうが、俺は違う。今時珍しく屋上が開放されている学校なので、そこで昼食をとることを日課にしていた。生徒がくることは少ないので、俺にとってはありがたい場所だった。

「お、いたいた」

だが、今日はそうではなかったようだ。コンビニで買ったパンを口に運んでいると、野太い声を発する肩幅の広い男がやってきた。袖を肘の上までまくり、鍛え上げた腕を晒している。

「春とはいえ、やっぱまだ寒いな。毎日こんな所で食事してて寒くないのか？」

中学生の時からの知り合いで、同じクラスメイトの伊勢谷大地（いせやだいち）が話しかけてきた。彼は俺の親友なのもあって、心視症で顔が見えなくても問題なく会話ができる数少ない相手だ。夏南の死後、付き合いが悪くなってしまった俺に、彼は以前と変わらない態度で接してくれている。

「寒いけど、誰かと話すよりかはマシだから」

「ったく、コミュニケーションは大事だぞぉ。一人で解決できないことでも、皆でなら解決の糸口が掴めたりするもんだぜ？　お、今のセリフかっこよくね？」

「そんな変なことを言うためにわざわざ屋上にきたわけじゃないでしょ？　なにか用があってきたんじゃないの？」

　大地は常にポジティブだ。前向きな気持ちを表す黄色いモヤが顔の周りに掛かっている。彼のように生きられたらどれだけ楽だろうかと思う。

「ああ、なんかお前に用があるっていう一年生の女子が教室にきたんだよ。それで呼びにきたの。結構可愛い子だったけど、知り合いか？」

「いやぁ……一年生と接点なんてないよ」

「とりあえず、お前を連れてくるって約束しちゃったからきてもらおうか！」

「約束しちゃったの⁉　また違う時間にきてもらうとかじゃあダメだったの⁉」

　俺は仕方なく立ち上がる。先程までパンが入っていた袋を丸めて、ポケットにしまう。まったく話したことがない相手と関わるのは、非常に億劫（おっくう）だ。

「なに言ってんだよ。むしろ、俺はお前に新しい春を呼ぶために手助けしてやったんだぜ？　感謝してくれよな」

「誰もそんなの望んでないんだよなぁ……」

　他人の顔が見えないので、紹介してもらわないと俺に用がある子が誰なのかわからない。呼びにきたのが大地だったことに心の内で感謝をしながら、移動を開始する。

とっとと済ませてしまおう。

「お前に会いたいって子はあの子だ」

俺たちの教室を視認できる距離まで近付いた時、大地が指を差して教えてくれた。

彼の示す方向を見ると、ボブヘアの女子が立っていた。紺色のブレザーを着て青色のリボンを胸元につけているところまではほかの生徒と一緒だが、彼女はスカートの下に黒色のタイツを穿いていた。身長は百六十センチくらいだろうか。

「おーい。市川(いちかわ)ちゃんだっけ？　春野を連れてきたぞ〜」

「あっ！　伊勢谷先輩！　ありがとうございます！」

鈴を転がすような、澄んで美しい声が俺の耳に届く。こちらを向いて頭を下げる様子から、真面目そうな印象を受けた。

「あ、あのっ！　貴方が春野律先輩ですか？」

「う、うん。そうだけど……？」

彼女は胸の前で両手を組んで、真っ直ぐな瞳で俺を見上げてきた。

長い睫毛(まつげ)、くりっとした瞳、饅頭(まんじゅう)みたいにふっくらとした頬。整った顔立ちで、スタイルもいい。少しだけ可愛いと思った。

「私、ずっと前から春野先輩を尊敬しているんです！　文化祭の時に、山の頂上から見える景色を描いた絵を展示していましたよね！　あの絵がとっても素晴らしいと思ったんです！　初めてあの絵を見た時、涙が出るくらい感動したんです。だから、その気持ちを伝えたいなって思ってきました！」

マシンガンのように次から次へと称賛の言葉を贈る彼女に、俺はたじろいだ。自分の絵が人の心を動かせたこともそうだが、それ以上に驚いていることがあった。

「良かったじゃねぇーか、律！　お前の絵、めっちゃ褒められてるじゃん！」

「あ、ああ……」

俺は自分の目がおかしくなったのかと思い、大地を見つめたが、彼の顔に黄色のモヤが掛かっている事実は変わらなかった。すぐに彼女のほうへと視線を戻す。やはり、やはりだ。

「市川さん、だっけ。き、君は、いったい……」

「あっ！　自己紹介がまだでしたね！　私、今年入学した市川麻友って言います。よろしくお願いします‼」

返事もできず、ただ彼女に見入る。心視症によって見ることができないはずの他人の顔。それなのに、市川麻友と名乗る彼女の顔だけは、はっきりと視認することができた。

絵を褒められたことなどどうでもいいと思える程に、その事実を受け止めきれない自分がいた。

どうして？　どうして彼女だけ見えるんだ？

答えの出ない疑問が脳内を駆け巡る。

「春野先輩の絵はとってもすごいです。私もあんな絵が描けたらって思うんですけど、まったく絵心なくて……だから、美術部か写真部かで迷っているんです」

俺が答えられずに黙っていると、俺の戸惑いを察したのか、市川さんは頭を掻きながらごめんなさいと呟いた。

「いきなりこんな話をされても困りますよね……でも、本当にこの気持ちだけは伝えようって思っていたんです！　あのっ……あのっ……また文化祭に絵を出すご予定とかはあるんですか？　春野先輩の絵が見たいです‼」

彼女は、本当に自分の『好き』を伝えようとしただけなんだろう。その気持ちを素直に受け止められたなら、どれ程良かっただろう。

「ごめん。もう絵を描くのはやめたから、今年の文化祭はなにも出す気はないんだ。美術部も辞めちゃったしね」

「えっ……」

彼女の真っ直ぐな気持ちに答えられない負い目からか、目を逸らしている自分がいた。俺だって何度も描こうとしたさ、でも描けなかった。どれだけ筆を動かそうとしても、手は震え続けていた。

　夏南がこの世を去ってから、俺は俺でなくなってしまったみたいだった。好きだった絵も描けなくなり、他者と面と向かって話すこともしない。無為に日々を過ごす、生きた亡霊みたいだった。

「俺は君の期待には答えられない」

「そうですか……わかりました。急に押しかけてすみませんでした。失礼します」

　頭を下げた後に、市川さんは走って行ってしまった。呆然と彼女の背中を見つめていると、大地に肩を叩かれた。

「律、気にすんなよ。お前が絵を描けなくなったことを責める奴なんていねぇよ。あと、ごめんな。俺が無理にあの子と引き合わせたりしなければ、嫌な気持ちにならずに済んだのに」

「いや、いいんだ。大地はなにも悪くない。お前のほうこそ気にすんなよ」

　大地との会話を終えた俺は、教室に入って席に着く。午後の授業中、頬杖をつきながら、市川さんのことを考えていた。

　血が繋がっている両親でさえ、顔の周りにモヤが掛かってしまうのに、なぜ彼女だけ見えるのだろうか、という疑問がいつまでも渦巻いていた。そこからのことはあまり記憶にないが、授業に集中していなかったせいで、先生に注意されてしまったことだけは、はっきりと覚えている。

気が付けば、あっという間に放課後になっていた。部活に所属していない俺は、授業が終わるとすぐに帰宅するのが常だ。今日は空手部に向かう大地と少し会話をした後に昇降口を出た。

「あ、春野先輩、やっときましたね！」

校門の前に立っている市川さんに出会う。昼間と同様、彼女の顔だけははっきりと捉えられた。

「や、やぁ……また会ったね。俺になにか用かな……？」

「はいっ！　先輩が描いていた風景がどこで見られるのか、どうしても知りたくて教えてもらおうと思いまして」

「俺が去年、描いた絵の？」

「はい。ここから近いんですか？　絵を見る限り、そんなに高い山ではないように見えましたけど」

どうして彼女が俺の絵にそこまで拘（こだわ）るのかわからない。俺以上に素晴らしい絵を描く人はいくらでもいるだろう。市川さんには疑問ばかり浮かんでくる。

こっちは君の顔が見えるだけでも手一杯なのに、これ以上悩ませないでくれ。

「あ、ああ。運動が得意なほうじゃないからね。素人の俺でも登れる山を選んだんだ」

「そうなんですね！　今度、私も登って写真を撮ってみようと思います。どこにあるんですか？」

「高校から北に進んだ所にあるよ。その山を登るだけでも疲れちゃってね、あれより高いと俺には無理そうだ」

「教えてくださりありがとうございます。それから私、お花とか植物が好きなんですけど、近くでオススメの場所を教えてもらえませんか？　案内もお願いしたいんですけど」

いきなりの申し出に困惑する。この子はぐいぐいと距離をつめてくる性格のようだ。市川さんがこちらへ一歩踏み出すたびに、俺は一歩後退する。あまりに積極的な彼女に、恐れを抱いている自分がいた。

「い、いやぁ……悪いけど、今日はこれから予定があるんだ」

家に帰って読書をするくらいしか予定がないのに、嘘をついてしまった。

「そうですよね。いきなりっていうのは難しいですよね。でも、どうしても今日連れていっていただきたいんです。どうかよろしくお願いします」

頭を下げられてしまい、言葉につまる。彼女はどういう気持ちで俺と接しているのだろうか？　モヤが見えないことをもどかしいなんて思うのは初めてだ。

「そ、そんなに俺と行きたいの？　理由を聞いてもいいかな？」

「先輩の絵に感動したからっていう理由だけじゃあダメですか？」

「い、いや、俺の絵に感動してくれたのは嬉しい。でも俺と君は今日会ったばかりだし、お互いなにも知らない。それなのに、どうしてそんなに俺に拘るんだい？」

「そうですね。でも、私は春野先輩のことを少しだけ知っています」

一呼吸置いて、市川さんが続きの言葉を絞り出すように、語りはじめた。

「直接会話をしたことはありませんけど、私たちは同じ場所で同じ人の死を悲しみ、別れの言葉を口にしました」

彼女の言葉を聞き、頭の隅に追いやっていた記憶が、呼び覚まされようとしていた。

喉になにかがつまって取れない時のようなもどかしい感覚に支配されながら、懸命に思考を巡らせる。

「私たちは夏南ちゃんのお葬式で、同じ時間を共にしているんです」

市川さんの言葉を聞き、当時の光景が鮮明に蘇った。参加者は全員、悲しみを表す青色のモヤを浮かべていたのにもかかわらず、一人だけモヤがない子がいた。

その子の顔が見えることを疑問に思いはしたものの、最愛の人が亡くなった事実に傷心していたのと、唐突に発症した心視症に戸惑っていて、結局話しかけることはしなかった。あの時の子が市川さんだったんだ。

「私の母と夏南ちゃんのお母さんが姉妹で、私たちはよく一緒に遊んでいたんです。

夏南ちゃんに会うたびに彼氏の自慢をされていました」

「君と夏南が従姉妹……？　それに夏南が俺の話を……？」

「はい。だから、私は少しだけ春野先輩のことを知っているんです。これでは、春野先輩が納得する理由にはならないでしょうか？」

「なるほどね。納得がいったよ」

「本当ですか？　じゃあ……！」

「うん。帰り道の途中にいい場所があるんだ。そこでいいなら」

「構いません。ありがたいです！」

了承をしたのは、市川さんの顔だけ見える理由がわかったり、夏南の顔を思い出せたりするかもしれないと思ったからだ。目をキラキラと輝かせて、嬉しそうにする市川さんと並んで歩き出す。

「ここだよ」

家々の合間を縫うように細い道を進んでいく。やがて、道端の花壇に赤色と黄色のチューリップが見えてきた。ここは絵を描きはじめた頃によく訪れていた場所で、必死に手を動かして描いていたのを思い出す。

こんなデートスポットにもならないような場所でも、夏南は本気で喜んでくれた。俺がどんな風景を描きたいのかを知ろうとしてくれて、顎（あご）に手を当てながら「ふむふむ、りっくんはこういう地味ぃ〜な場所が好きなんだね」と言うのだ。

ああ、ダメだ。過去に囚われるのは良くないと思うのに、どうしても考えてしまう自分がいる。

「わ〜」という市川さんの声を聞いて我に返ると、いつの間にかスマホでチューリップを撮影していた。うるさいくらい喋っていた彼女はそこにはおらず、真剣な表情でスマホをかざしていた。

「いいですね、ここ。連れてきてくれてありがとうございます」

「近くに住んでいる人が愛を持って育てたんだろうと思うと感慨深くなるよね。そんなチューリップがここに咲いていたって事実を形にして残したくて、気が付いたら毎日足を運んで絵を描いていたんだ」

「そういう気持ちで絵を描かれているんですね！」

「うん。うまく瞬間を切り取れたらいいなって思って描くようにしているよ」

ふと空を見上げると、青色だった空が紅に染まっていた。思いの外、時間が経過していたみたいだ。

「ごめん。そろそろ帰ろうと思うんだけど、市川さんは撮影を続けるなら、これで失礼するよ」

「嫌です……」

「え？」

「私の家の前まで一緒に帰ってもらえませんか？」

日が沈み、辺りが徐々に薄暗くなっていく。なにかがおかしいと思いはじめたのは、市川さんが首を横に振って俺が帰ることを拒否する様を見てからだ。もっと早く疑問に思うべきだったのかもしれない。なぜ、俺と一緒に帰りたがったのかを。

「絵のことならいつでも答えられるから、後でじゃダメかな？」

「そ、それはそうなんですが……」

市川さんが震えていた。手が、肩が、足が……全身が震えていた。どうして青ざめているのかがわからない。

「い、今私が撮った写真を見てくれませんか？　なにかアドバイスとか貰えたら嬉しいです」

「俺なんかに写真のアドバイスはできないよ……」

そう言いながらも、懇願（こんがん）するような眼差しを向けられたら断ることはできない。仕方がなく、彼女のスマホを受け取る。画面を覗き込んだ時、驚愕して目を丸くする。

彼女は、スマホのインカメラで動画を撮影していた。校門を通り抜けたところから動画が始まり、俺が帰ろうと言ったところで終了した。注目すべきポイントは、俺たちの後方。何者かがずっと俺たちをつけていたこと。

ピンク色のモヤを浮かべていた夏南と同様に、動画の中の存在も、ピンク色のモヤを顔の周囲に発生させていた。

夏南を刺した犯人は、事件後すぐに捕まった。犯人は中学生時代に夏南が付き合っていた元彼氏で、交際が終了してからも夏南のことを忘れられずストーカー行為を繰り返していた。最初は夏南のことを見ているだけで充分だったという。だが、夏南が俺と付き合いはじめてから犯人の行動は過激さを増した。

夏南を愛してあげられるのは自分だけだと本気で思っていたらしい犯人は、俺に心を許した夏南に怒りを覚え、命を奪おうと決意した。

意味がわからなかった。夏南を殺した動機を警察から聞いた時、強い吐き気を催した。こんな存在がこの世にいていいのか？　こんな奴が生きていていいのか？　憎悪の感情が膨れ上がるのに比例して呼吸は激しくなり、やがて意識が遠のいた。

次に目が覚めた時、俺の目はおかしくなっていた。他人の顔にモヤが掛かるようになったのだ。本能的にモヤの正体は他人の感情なのだと理解した。

「わ、私はずっと知らない人に追いかけられているんです。直接的な被害に遭ったことはないですけど、いつも誰かが私の後ろをついてくるんです」

無邪気にはしゃいでいた市川さんは幻だったのかと思う程に、小さな声に変わっていた。震えながらも必死に伝えようとする彼女の言葉を、一言一句逃すまいと耳を傾ける。

「私にはお母さんしかいないんです。いつも朝から晩まで忙しなく働いて、生活を維持するために頑張ってくれているんです。とても相談できる状態ではありません。警察もなにか起こらないと動いてくれません。いつもは近所の友だちと一緒に登下校をしているんですが、今日みたいに一緒に帰れない日があります。だから先輩を頼ったんです」

「事情はわかった。けど、なんで俺なんだ？　俺以外に頼れる人はいなかったの？」

「先輩の絵を見た時、夏南ちゃんが言っていたことは本当だったんだって思いました。優しさを感じられるようなソフトなタッチで描かれていて、素敵な心を持っている方なんだってすぐわかりました。だから、誰も知り合いがいない高校の中で先輩を頼ろうって思ったんです」

夕日に染まる閑静な住宅街。小風に揺れるチューリップと俺の鞄のキーホルダー。市川さんは、恐怖に染まった顔を隠すように髪を押さえながら、抑揚のない声を発する。

「春野先輩、私の側にいてください。今日だけでいいんです。一緒に家まできてほしいんです。こんなお願いをできる人がいないんです」

髪を押さえていないほうの手でぎゅっとスカートを握りしめた市川さんは、瞳から涙を零す。

「……」

言葉を返すことができなかった。衝撃が津波のように押し寄せていてうまく頭の整理ができない。市川さんもまた夏南と同じようにストーカーの被害に遭っていたのだ。

ようやく顔を上げた彼女の顔はひどく歪んでいて、今にも消えてしまいそうに儚かった。

「お願いします」

あの日、夏南はいつまで経っても待ち合わせ場所にこなかった。周囲をキョロキョロと見回し、いるはずのない幻影を追い求め続けた。

もっと早く夏南を捜しにいっていれば……待ち合わせなんてしなければ……デートに誘ったりしなければ……そもそも俺と夏南が付き合ったりしなければ……後悔は募るばかり。

もう二度とあんな思いはしたくない。

傷付くことを恐れて、他者と関わることをやめようとした。俺に害を及ぼしそうな人は色で判別できるから、そういう人には近付かないようにすればいい。

そう思っていたのにどうしてまた関わってしまったのだろう。市川さんに会わなければ、こんな思いをせずに済んだのに。独りにしておいてくれと叫びたかった。でも、心の片隅に燻っているもう一つの感情がそれを許さない。

――困っている人を放っておくような男を夏南が好きになるはずがない。

「わかったよ。俺にできることがあるなら協力する。困っている人がすぐ近くにいるのに、見て見ぬふりなんてできないよ」

もしかしたら俺は、罪を償える機会を探し求めていたのかもしれない。市川さんを救いたいという気持ちに心が支配されていた。

「本当……ですか？」

「うん、本当だよ。だから君の家まで送っていくよ」

「ありがとうございます。あ、あのっ……私と連絡先を交換してくれませんか？」

「わかった。いいよ」

市川さんは自分の連絡先情報が載っているQRコードを画面に表示させると、スマホを差し出してくる。遅れて俺もスマホを取り出し、QRコードを読み取った。これで連絡先の交換は完了だ。

彼女のプロフィール画面を見てみると、観葉植物のパキラが撮影されたアイコンがあり、その下には誕生日ケーキのマークと共に九月二十五日と表示されていた。

「じゃあ帰ろうか」

「は、はい……」

相当、張りつめていたのだろう。安堵したからか、先程以上に涙が零れ落ちていた。

「先輩、ご迷惑をお掛けして申し訳ありません！」

「気にしないで平気だよ。さぁ、出発しようか」

「はい！」

結局、市川さんが冷静さを取り戻すまで待ち続けることしかできなかった。ちらりと彼女の背後を見れば、動画の映像と変わらずピンク色のモヤを浮かべた人物が電柱の後ろに立っていた。

この道は、人が少ない分ストーカーがどこにいるのか確認がしやすいというメリットがある一方で、なにかあった場合第三者に助けを求めることが難しいというデメリットを抱えている。

「まずは大通りに出よう」

市川さんを先導する形で少し小走りに動き出す。運動をまったくしていない俺が、ストーカーと戦っても勝ち目はない。人目のある方向をひとまず目指す。

「私の家は大通りに面しているのでわかりやすいと思います」

「そっか。教えてくれてありがとう」

「せ、先輩。意識しないでって言うのは難しいかもしれませんけど、なるべく平静を装って帰りましょう。私たちが気付いていると知られたくないんです」

「わ、わかった‼」

大通りに出られたのもあり、少しだけ歩幅が狭くなる。

考えてみればそうだ。俺が不用意に変な行動を起こすとストーカーに怪しまれる危険性がある。こういう時こそ冷静にならなければいけないのに、パニックになってしまっていたようだ。

「先程まで泣いていた私が言うのもなんですけど、普通に男女が楽しく下校している風を装って帰りましょう」

「そうだね、そうしよう」

結局、市川さんを家に送り届けるまで何者かの尾行は続いた。市川さんが怯えるのも無理はない。一定の距離を保ちつつ、こちらと同じ方向へやってくる姿は、狙われているのが自分でないとしても恐怖してしまう。

真っ黒な帽子や真っ黒なジャンパーというかにもな服装だが、個人の特定が難しい格好でもある。わかることといえば高身長だということくらいだ。

そこで、俺はストーカーの心の動きを調べることにした。もう日が落ち、真っ暗になっているので、動きやすい状況だった。

俺は他者の顔が見えないデメリットを抱えているが、メリットも存在する。

検証を重ねてわかった心視症の特性を頭の中で反芻する。俺の近くにいる人のモヤは大きく見え、遠くにいる人のモヤは小さく見えるが、周囲の明暗にモヤの見え方は左右されない。どんなに眩しかったり暗かったりしても、同じ輝きで浮かび上がる。

その特性を利用して、遠くにいるストーカーのモヤを見続ける。暗闇の中で、向こうは俺の視線を確認することは不可能だろう。帰路につくふりをしながら、相手がどう動くのかを探っていた。

市川さんにしか興味がないのならば、俺の情報を掴もうとはしないだろう。だが、夏南を刺した元彼氏のように、ストーキング対象の交流関係にも深い関心を示すタイプならば話は違ってくる。

ここで相手がどう動くのかでこれからの対処方法が変わる。市川さんにだけ関心を示すのならば、学校の行き帰りに誰かが一緒にいてあげる状況を維持すれば事件が起きないようにできるかもしれない。

しかし、ストーカーが市川さんと一緒に下校した俺を、彼氏と勘違いしたらどうなるだろう？　尾行する以外の行動をとるかもしれない。

――夏南が刺殺された時のように。

ストーカーは俺の背後を一定の距離を保ちながらついてくる。どうやら交流関係にも関心を示すタイプだったらしい。市川さんを追っていた時はピンク色のモヤを浮かべていたのにもかかわらず、今は紫色のモヤになっている。おそらくストーカーが抱いている感情は憎悪だ。

「はぁ……はぁ……」

自然と足早になっていた。大して動いていないのに息が切れる。俺は、十字路を右に曲がった瞬間、勢いよく駆けた。ストーカーから逃れたいという一心だった。ストーカーの追跡から逃れることに成功し、自宅に辿り着く。玄関扉に鍵とチェーンを掛けた途端、足から力が抜けるのを感じ、その場に座り込んだ。

「こわかった……」

不意にスマホが揺れた。びっくりして「うわっ」と声を上げてしまう。画面を見るとさっそく市川さんからメッセージが届いていた。

『今日は一緒に帰ってくださってありがとうございました。今は安心して過ごせています。春野先輩のおかげです！　こんな問題に巻き込んでしまって本当にごめんなさい。またなにかあったら協力をお願いしてもいいですか？』

絵文字一つない文を読んでいると、父親が歩いてきた。

「律が父さんより帰ってくるのが遅いなんて珍しいじゃないか。なにかあったのかい？」

「い、いやなんでもないよ。たまたま今日は友だちと話をしてて遅くなっただけ」

「そうか、律が友だちと……それは良かった。楽しめたかい？」

「うん」

俺は青色のモヤを浮かべる父親の横を通り過ぎて、二階へと上がっていく。夏南が亡くなってすぐの頃の俺は、本当に塞ぎ込んでいた。一日中、自室に閉じこもって布団にくるまっていた。それまでは毎日のように友だちと外で遊んでいたのに交流をしなくなったものだから、両親にとても心配されてしまった。

ただでさえ温厚で、怒る姿なんて見たことないような父親が、さらに俺に優しく接するようになった。いつも俺が元気にしているかを気にしていて、学校であったことなどを毎日のように聞いてくるのだ。

夏南が亡くなったことや、心視症のことで心配を掛けているのに、これ以上苦労は掛けられない。市川さんのことを話すなんてもってのほかだ。

部屋に入り、電気をつけてベッドに飛び込む。安心したからか、疲れが押し寄せてきた。制服を脱がなければいけないのに、そんな気力さえ湧いてこない。視線を動かしてキャンバスを見つめる。

「なぁ、夏南。俺、夏南の従姉妹の市川さんって人と今日知り合ったよ。その子さ、ストーカー被害に遭(あ)っているみたいなんだ。俺にできることがあるのかわからないけどさ、夏南の時みたいなことは起きてほしくないと思って一緒に下校してきたよ」

　気が付けば、完成していない絵に向かって今日の出来事を話している俺がいた。夏南が答えてくれるはずもないのに、なにをしているんだろうか。

「しっかりしろ、俺」

　両頰を叩いて、頭を振る。どうにかして意識を切り替えたかった。

「よし！　市川さんに被害がないように協力しようと思う。夏南、どうか俺を見守っていてほしい」

　顔が描かれていない絵を見つめて、市川さんに「了解」とメッセージを送り返した。


「ああっ！」

　俺は大声を上げながら飛び起きた。全速力で走った後のように、荒い呼吸を繰り返して肩を上下する。

　市川さんがストーカーに攫われる映像が、頭の中にはっきりと浮かび上がっていた。どうやら、悪い夢を見ていたようだ。体中がぐっしょりと汗で濡れている。あまりにもリアルな映像に、本当に起きた出来事なのではないかと錯覚してしまう。

　時計を確認すると、五時五十分と表示されている。いつもよりだいぶ早い時間に目が覚めてしまった。シャワーを浴びて汗を流すくらいの余裕はありそうだ。

　下の階に行く前に、市川さんからのメッセージを確認する。昨日の下校時だけいつも一緒に帰っている友だちがいなかったらしく、今日からは友だちと一緒に登下校ができるから大丈夫なんだとか。

そう言われても心配なことに変わりはない。いつストーカーが変な気を起こすかなんて誰にもわからないからだ。いっそのこと自分が迎えに行ってしまおうか。そうすれば心配しなくて済む。

シャワーを浴びながら、そんなことを考えていた。市川さんが大丈夫だと言っているのに、俺が彼女の家に向かうのはおかしいだろう。雑念を払おうと頭を振ると、髪についていた水滴が周囲に飛び散った。

「おはよう。今日は随分と早いのね」

昨日の残りものを温めて朝食をとっていると、母親がキッチンに現れた。

「うん。目が醒めちゃって。せっかくだから早めに学校に行こうかなと思ってる」

「珍しいじゃない。律がそんなことを言うの」

灰色のモヤを浮かべていることから、母親は困惑しているのだろう。俺が朝早く登校しようとするだけでそんな色を浮かべるなんて、そんなにもやる気や元気がないように見えるのだろうか。

そんな疑問を抱いてすぐに、当然だという結論に辿り着く。勉学も恋愛も頑張ろうとしていたあの頃とは違い、無気力になってしまった。このままではダメなのはわかりきっているのに、停滞した状態から抜け出せずにいた。

　今の俺を見たら、夏南はきっと怒るだろう。叱られたい。だらしない俺に活を入れてほしい。そう願っても叶わないのは、自分が一番よくわかっているのに。

「頑張ってくるのよ」

「うん」

　朝食を食べ終え、歯を磨き、二階へ戻る。念のため、窓から外を見渡してストーカーがいないかを確認してから家を出た。通常より出る時間が早いのにもかかわらず、休むことなく早足で歩いていた。

　いつもなら俯いて歩く校舎内を、顔を上げて進む。廊下にいる数人の生徒の感情が目に飛び込んでくるが、我慢をして市川さんのいる教室を目指す。

「男の人と一緒に帰ろうとするのなんて間違ってるわ！」

　市川さんの教室から、女子の緊迫したような大きな声が聞こえた。なにかあったのかと思い、俺は慌てて扉を開いていた。

「市川さん！」

　息を切らしながら中に入ると、市川さんが驚いた表情を浮かべてこちらを見ていた。どうやら教室には、市川さんと左右に三つ編みを垂らしている女子の二人しかいないようだ。市川さんと会話をしている子は、緑色のモヤを浮かべていて、不安や恐怖といった感情を抱えている。いったい、なにがあったのだろうか？

「はぁ……はぁ……」

両膝に手を当てて肩で息をしながら、市川さんを見つめる。彼女が学校にいる姿を見ることができて、ようやく胸のつかえが下りた。

「あれっ、どうして私の教室に？　今日は友だちと一緒に登校するから平気ですって連絡しましたよね？」

「うん。それはわかってる。でも……」

ストーカーという言葉を出しそうになって、慌てて口を押さえる。恐らく三つ編みの子が、市川さんと登下校している子だとは思うが、確信を持てないので会話を切ることにした。

「春野先輩、こちらがいつも登下校を共にしている西園寺怜佳ちゃんです。小学生の頃からずっと一緒で、怜佳ちゃんは私の事情をすべて知っているので大丈夫ですよ」

俺の反応を見て察してくれたのか、市川さんが友だちの紹介をしてくれた。西園寺さんは、背筋をピンと伸ばして座っているので、しっかりとした印象を受ける。

「怜佳ちゃん。昨日、私を家まで送り届けてくれた先輩だよ」

「あら、この方が……。わたくしの代わりに麻友を送り届けてくださってありがとうございます。西園寺怜佳と言います。よろしくお願いします」

「ううん、気にしないで。市川さんの手助けができて良かったよ。よろしくね」

「それで先輩、私になにか用があるのでしょうか？」

「い、いや、用ってわけじゃあないんだけどさ、いつストーカーが変な気を起こすかわからないから、心配になってついきてしまったんだよ」

「そうだったんですね。ありがとうございます。あと、これ使ってください」

椅子から立ち上がった市川さんがハンカチを差し出してくる。俺は汗をかいていたようで、ハンカチを目にしてようやく額や頬が濡れていることに気が付いた。

「ありがとう。でも、自分のがあるからいいよ。俺の汗でハンカチが汚れるのは嫌でしょ」

「な、なに言ってるんですか。私のことを心配してくれたのに、嫌なわけないじゃないですか。ほら、拭いてください」

無理矢理ハンカチを渡される。赤色のチューリップが刺繍（ししゅう）されているのを見て、昨日の帰り道のことが蘇（よみがえ）ってくる。

「ねぇ、市川さん。俺にも協力させてくれないかな？　なにができるっていう具体的な案は出せないけれど、市川さんがストーカーに悩まされているのをこのまま眺めているだけなんて嫌だよ」

俺が気持ちを伝えると、驚いたような表情を市川さんが浮かべた。

「ちょうど今、怜佳ちゃんとその話をしていたんです。先輩に手伝ってもらうのは、昨日だけにするつもりだったんですが、もしかしたらこれからも一緒に帰っていただく日があるかもしれません」

「麻友！　まだわたくしはいいって言ってないわよ！」

「心配してくれるのは嬉しいけど、怜佳ちゃんは自分のことだけを考えて！」

いきなり口論をはじめた二人に驚き、汗を拭いていた俺は目をパチパチとさせる。

「わたくしのことはいいのよ！」

机を両手で叩いて、声を張り上げる西園寺さん。

「よくない！」

市川さんも声量を大きくする。俺たちしか教室にはいないのに、ピリピリとした空気に変わっていた。

「えっとその……なにがあったのか教えてもらってもいいかな？」

恐る恐る挙手をしながら質問を投げかけると、二人とも静かになった。西園寺さんは溜息をつくと、体を俺に向けて話しはじめた。

「経緯はわたくしが説明しますわ。わたくし、手にちょっとした病気があることが昨日わかりまして、病院に通ってリハビリをしなくてはいけなくなりました。わたくしは土曜日に行こうと思っていたのですけど、麻友はすぐに行くようにと言うんです。

なので、わたくしが平日に病院に通う場合は、麻友と一緒に帰ってくれる人を探さないといけないねって相談していたんです」

「なるほど。それで頼むなら男の人じゃないほうがいいよねって話していたわけだ。市川さんのプライベートな部分に関与することになるから、同性のほうがいいってなるのは当然だよね」

「私は春野先輩になら知られてもいいって思ってます。だけど、それを怜佳ちゃんが許してくれないんですよ！」

「よく知らない男の人と二人きりなんて危険よ！　ただでさえストーカーに苦しんでいるのに、脅威を自分で増やすことになるってことが麻友はわかってない。わたくしの手なんて放っておいたっていいの。それよりも麻友の命のほうが大事なんだから！」

「だから、私のことよりも自分のことを考えてって言ってるじゃん！」

　互いが互いを思うが故にすれ違いが起こっている。でも、本当に仲が良いのが伝わってくる。これだけヒートアップしていると、普通なら怒りを示す赤色のモヤを浮かべそうだけど、市川さんと対話する西園寺さんのモヤは常に愛情のピンク色だった。

　市川さんにとっても、西園寺さんが欠けてはならない存在なのだということは、関わりが薄い俺でもわかった。自分が危険な状況になる可能性があったとしても、市川さんは西園寺さんに病院に行ってほしいのだろう。なら、俺にできることはたった一つ。

「西園寺さん。会ったばかりの俺を信用できない気持ちはわかる。現時点では、君を納得させられるだけの根拠を示せないことも、重々承知の上だ。だけど、一つだけ言えることがあるよ。大切な人を失った時の傷は、とてつもなく深いってこと」

「だからこそ深い傷を負わないために、麻友の側にいようとしているんです！」

「西園寺さんが市川さんを想うのと同じくらい、市川さんも西園寺さんのことを想っているんだと思う。たとえ、命を失う程の病でないとしても、西園寺さんが苦しい思いをするのが、市川さんは耐えられないんじゃないかな？」

病は近しい人の心まで蝕んでしまう。俺は心視症を患ったことで、掛けなくてもいい心配を両親に掛けてしまっている。

「……俺も、病名は言えないけど、面倒な病に罹っていてね。両親に気苦労をさせてばかりなんだ。だから、俺は市川さんが西園寺さんを心配する気持ちはなんとなく想像できる。小学校の頃からの付き合いなんでしょ？　それくらいの深い仲なら尚更だよ」

頭を下げて懇願する。

「俺は、市川さんに危険な目に遭ってほしくない。その一心で協力をしたいって思ってる。市川さんを必ず守る。だから、俺に市川さんの下校をサポートさせてほしい」

沈黙が訪れる。今、何秒経過しただろうか。そろそろこの教室の生徒がやってくる時間帯だろう。廊下から会話をする声や足音が近付いてくる。

「頭を上げてください。春野先輩の熱意、伝わりましたわ。わたくしが麻友と一緒に帰れない時は、この子のこと任せてもいいですか？」

「うん」

「麻友を悲しませたら許しませんからね」

緑色のモヤを浮かべている西園寺さんの声量は、とても小さい。俺に任せることを不安に思っているんだ。しかし、西園寺さんも頭を下げた。

「初対面なのに、失礼な物言いをしてしまい申し訳ございません。麻友のためにここまでしてくださり、ありがとうございます。これからよろしくお願いします」

「先輩、本当にありがとうございます！」

最終的には、市川さんにも頭を下げられてしまった。

「うん。よろしくね、二人とも」

なんとか市川さんに協力できることになった。ここからは、行動で西園寺さんの不安を解消できるように努めなければ。

どうやら西園寺さんは眼鏡を掛けているみたいだ。時折、眼鏡のブリッジの部分をクイッと押す動作をしていた。

「嬉しいなぁ～、私のことを大切に想ってくれている怜佳ちゃんと、尊敬する春野先輩がお友だちになる瞬間が見られるなんて。嬉しくなっちゃうよ」

「尊敬？」

市川さんの発言に、西園寺さんが首を傾げる。

「うん。ほら、この学校の文化祭で一緒に絵を見た時、私が興奮してたことあったでしょ？　その絵の作者さんが春野先輩なんだよ」

「ああ、そんなこともあったわね。すごいと思った点をずっと語っているものだから、どう返事をしたらいいかわからなくて困惑したわ」

「えへへ、怜佳ちゃん。あの時はいっぱい話しちゃってごめんね。もう止まらなかったの」

「それだけ感銘を受けたってことだもの。いいじゃない」

文化祭に展示した絵は夏南が生きていた時に描いたものだ。本来であれば文化祭用に絵をあと何枚か提出しなくてはいけなかったのだが、夏南が亡くなってから新しい絵に着手することができなくなった。だから風景画を一枚展示した後、美術部を辞めた。

「それで、今日は俺が市川さんと一緒に帰ったほうがいいんだよね？　そろそろ授業が始まるから、それだけ聞いておきたいんだけど」

「そうですね。さっそくですが、麻友のことお願いしますね。登校はできるので、下校時だけ春野先輩にお願いする形になりますね。わたくしが病院に行かない日は、前もって連絡しますので」

西園寺さんと連絡先の交換をしたことで、連絡を貰った時に市川さんと一緒に帰る態勢ができた。

「わかった。じゃあ市川さん、また門の前で待ち合わせってことでどうかな？」

「わかりました。あのっ、重ねてお願いしたいんですけど、チューリップの時みたいにオススメのスポットがあったらまた教えてほしいです！　あ、そうだ。三人が揃った記念撮影をしましょう！」

「えっ！」

俺が驚いているうちに、市川さんは鞄から自撮り棒を取り出してスマホと合体させてしまう。

「怜佳ちゃん、私の隣にきて。ほらほら先輩も！」

手招きをされたので、市川さんの左側へと歩いていく。市川さんを中心にして、斜め上に掲げられたスマホへ視線を向ける。さすが女子といったところだろうか、西園寺さんはすぐに市川さんと一緒にピースをしている。

「さぁいきますよー。はいチーズ‼」

市川さんがボタンを押した瞬間、カシャッという音が響いた。「見てみましょう」と言ってスマホを操作し、撮ったばかりの写真を表示する。

「いいのが撮れましたよ！　二人とも」

俺は辛うじて笑顔を作ってはいたが、ぎこちない。西園寺さんの顔は見れないのでわからないが、きっと市川さんのように笑っているのだろう。

「ふふ、麻友だけ一人で楽しんでいますわね。春野先輩が困っているじゃあないの」

「春野先輩、困ってたんですか？」

「え、あ、いや……急な自撮りはびっくりしたけど、こういうの久々だったから楽しかったよ」

「本当ですか？　良かったです‼」

嘘ではない。夏南と付き合う前は、毎日誰かと一緒に遊んでいた。カラオケに行ったり、スポーツをしたり、ゲームをしたり、いろいろなことをしていた。それなのに、自撮りだけでこんなに新鮮に感じるなんて。

「じゃあ俺はこれで失礼するよ。またね」

「はい。後で撮った写真、送っておきますからね！」

市川さんが左手を振りながら、歩き出した俺の背中に声を掛けてくれた。

「ねぇ、怜佳ちゃん。春野先輩の鞄についていたキーホルダーって何色？」

「え？　あれは青色よ。それがどうしたの？」

「そっか。夏南ちゃんと色違いだったんだ……」

急ごうと思っているのに、市川さんの声が聞こえてしまい、廊下で思わず立ち止まってしまった。今の言葉の真相が知りたいなと思った時、授業の開始を告げるチャイムが鳴り響いた。


市川さんと一緒に帰るようになったことを除いては、俺の日常に然したる変化はない。いつもと変わらない学校生活だが、高校にいられる時間があと一年もないと思うと、価値があるように思えてくる。とはいえ、そう思っただけで授業に取り組む姿勢が変わるわけではないのだが。

午後の授業中。窓際の席の俺は、太陽の熱さに辟易していた。これでまだ夏ではないことを思うと、げんなりしてくる。

なんとなく窓の外を眺めると、市川さんと西園寺さんを含む一年生が、校庭のトラックを走っている姿が目に入る。紺色のジャージ姿の市川さんと、半袖半ズボンの西園寺さんが並走していた。

「わかっているとは思うが、君たちはもう高校三年生だ。自分の進路について真剣に考えなくてはいけない。大学や専門学校に進学するのもいい。すぐに就職するのもいい。ただ君たちが後悔しない選択をすることが肝要だ。将来についての悩みや、相談したいことがあったら先生に言ってほしい。できる限りの協力をしよう」

数分前まで教科書の解説をしていた先生が、急に真面目な声音で語りはじめた。将来という単語を聞いた瞬間、思わず顔をしかめてしまう。

考えたくもない。好きだった人を失って、好きだった絵も放棄してしまった自分が、未来のことなんて考えられるはずもなかった。

『私のために頑張ってくれるのは嬉しいけど、それでほかを犠牲にしたら怒るんだからね！』

ふと夏南の言葉が思い浮かんだ。朝、叱ってほしいなんて思っていたからだろうか。一度やる気をなくすと怠惰になるということを、夏南は見抜いていたのかもしれない。

夏南の顔は思い出せないのに、声ははっきりと思い出すことができて、なんとなく嫌な気分になる。いろいろなことから目を逸らしたくて、青い空の下で駆ける市川さんを見つめた。

「今日の律は、いつもよりかマシな面してるよな」

「なんだよ、急に」

授業がすべて終わり、鞄（かばん）に教科書をしまっていると大地に声を掛けられた。

「いや？　屋上で昼飯を一人で食べてるのは相変わらずだけど、やる気に満ち溢れているような顔しているからさ。なにかあったのかと思って。もしかして、今日が金曜日だから浮かれているのか？」

「別になにもないし、明日がお休みとか関係ないよ」

「ふーん。俺の気のせいなんかなぁ。いつもつまんなそうな顔しかしてないからさ」

「つまんなそうな顔で悪かったな！」

　学校だけじゃない。夏南がいなくなってからは、すべてがつまらなく感じている。希望なんて一個も見当たらないから、心だけじゃなく表情も自然と暗くなっていたんだろう。

「ま、お前の顔についてはどうでもいいや。昨日、お前の絵を褒めてた市川ちゃんいるじゃん？」

「ああ」

「前にどこかであの子のことを見た覚えがあるんだよね。律は覚えてないかな〜って思って聞いてみたんだけど」

「そういえば、市川さんとあの後話したんだけど、彼女は夏南の従姉妹らしい。だから、葬式にも出てたっぽい。大地が見たのはその時じゃないか？」

「うお、市川ちゃんって相場ちゃんの従姉妹だったの？　なるほどなぁ、一瞬似てるなって思ったんだよ。それなら納得だわ。うーん、でもそっか、葬式の時か。もっと前に見た気がするんだよなー」

「女子に詳しいお前ならもっと前から知っていてもおかしくないけど、俺は覚えがないな」

大地は高校にいる美人な女子をよくチェックしている。合コンを主催することもあって、他校の子についても詳しい。

「そっか。まぁ俺の気のせいかもな。おっと、そろそろ行かないと顧問に怒られる。んじゃまたな」

「おう、また来週」

俺ものんびりとしてはいられない。大地と別れた後、急ぎ足で校門を目指した。

「ごめん。少し遅くなっちゃった。待たせたかな？」

「いえ、今きたところなので、平気ですよ」

校門の前で待っていた市川さんの元へ小走りで近付きながら、カップルみたいなやりとりを交わし、並んで歩きはじめる。

「ねぇ、市川さん。すぐに自分の家に帰りたい？　それともちょっと寄り道しても平気？」

横断歩道で信号待ちをしながら、市川さんに尋ねる。

「あ、もしかして先輩のお気に入りの場所に連れていってくれるんですか？」

「まぁ、あまり良い場所じゃないかもしれないけど、連れていくことはできるよ」

俺がそう伝えると、市川さんが目を輝かせてこちらに顔を近付けてくる。

「じゃあ行きましょう‼　連れていってください！」

「わかった。じゃあ行こうか」

俺が頷くと、ちょうど信号が青色に変わった。

「先輩、先輩、昨日撮影したチューリップを絵で描いてみたんですけど、どうですか？」

そう言って市川さんは、ノートに描いた絵を見せてくる。

「おお、模写できてるね。とっても上手じゃん。絵心がないなんて言っていたけど、あれは嘘だったのかな？」

「いえ、色を使ってない絵だったら大丈夫なんですけど、私が色をつけると変な感じになっちゃうんですよ」

頭を掻きながら苦笑する市川さんだが、人によっては嫌味にしか聞こえないだろう。それくらいには上手だった。

「これだけ上手なら、美術部でもやっていけると思うけどな。部活まだ決めてないいんだよね？」

「そうですね。怜佳ちゃんの手の病気がなかったら、一緒に写真部と美術部を見学しようと思ってたんですけど」

ゆっくりとした歩みで昨日とは違う道を歩いていく。時折、曲がり角や十字路に差しかかると、進む方向を指さして案内した。

「あー、そっか。いろいろと知りたいよね。いちおうどの部活のこともわかってるから、気になる部活があったら教えてあげられるよ。もちろん一番詳しいのは、美術部だけどね」

「じゃあお言葉に甘えちゃいますね。美術部の顧問ってどんな方なんですか？　怖かったりします？」

「そんなことないよ。皆真面目だからかもしれないけど、怒るような姿は見たことないね。課題をたくさん出すような先生じゃないし、いい方だと思うよ。でも俺は美術部を辞めちゃったのもあって、一番接しづらい先生だな」

「ああ、なるほど。確かに会うと気まずい空気になりそうですね」

「なんの因果か、俺のクラスの担任がまさに美術部の顧問なんだよ」

「えっ！　それは大変ですね」

太陽は南西から射し、空は雲一つない快晴で、風はわずかに吹く程度。いい天気で撮影にぴったりだ。冬の時期はあまり花や植物もないけれど、春になると街を歩いているだけでもいろいろな発見がある。

「そうなんだよ。まぁ、小言を言ってくるような先生じゃないからいいんだけどさ。
市川さんには美術部がいいかもね、男子より女子のほうが多いしさ」

「そうですね。いやすい空間ではあると思いますね。でも、怜佳ちゃんが絵を描くのが好きかって言ったらどうだろう？」

空を見上げて頭を悩ませる市川さんを見ながら、西園寺さんは今頃、病院を受診しているのだろうかと考える。

「西園寺さんは手の病気かぁ、そうなると描いたりするのは難しいのかな？」

「私も怜佳ちゃんの病気を詳しく知らないのですが、日常生活に支障をきたす程じゃないそうなので絵を描くのは大丈夫だと思うんです」

「日常生活にってことは、なにかをやっている時は問題があるってことかな？」

「先輩は鋭いですね。怜佳ちゃんはピアノが上手なんですよ」

「へぇ、それで手の病気は辛いね」

「はい。怜佳ちゃんはずっとピアノ一筋なんです。小さい頃からいろいろなコンクールに出て演奏してました。だから、怜佳ちゃんにとってピアノを弾けなくなることは、相当苦しいことだと思うんです」

絵と音楽。方向性は違えど、共感はできる。俺も絵を描けなくなった時は、自分に存在価値がないように思えた。なにかを生み出すことでしか己を表現できないのに、それすら失ったらほかになにが残るというのだろう、と。

「それでも市川さんと一緒に下校をしようとしてくれたんだね。とっても優しい友だちじゃないか」

「そうですね。怜佳ちゃんには、感謝してもしきれません。いつも支えてくれる怜佳ちゃんが大好きです。えへへ、こんな恥ずかしいセリフ、本人には言えませんけどね」

「後で西園寺さんに伝えておくよ」

「それは勘弁してください！」

二人で笑い合っていると、菜の花がたくさん咲いている風景が見えてきた。正確には、住宅街を抜けた先にある河川敷の土手に、菜の花が咲いていて、止まれと書かれた看板が立つ十字路を真っ直ぐ進めば、河川敷へと出ることができる。

「わぁぁぁ、綺麗な場所ですね‼」

「いい場所でしょ。俺はここが好きなんだ」

この場所も、夏南と一緒にきた場所だった。今の市川さんと同じように、菜の花畑を見て喜んでいたのを覚えている。確かその後、夏南に手を引かれて菜の花の前まで行ったんだ。

「春野先輩！　遠くから見るのもいいですけど、近くで見たいです！　行きましょう！」

　さすがに引っ張られはしなかったけれど、嬉しそうに走り出すその姿が夏南と重なった。一瞬、笑みを浮かべる夏南が見えたような気がした。

「ああ……」

　掠れた声で、夏南の名前を呼びそうになる。唐突に涙が溢れそうになって、慌てて瞼（まぶた）を擦る。フラッシュバックと呼ぶには短く、刹那（せつな）と呼ぶには長過ぎる合間に、夏南がいた。

「せんぱーい！　早くこっちにきてくださーい。一緒に写真撮りましょう！」

　菜の花の前に着いた市川さんが手を振っている。

「ああ、すぐ行くよ！」

　涙を拭いて市川さんの元に走っていく。

「先輩、ピースですよ、ピース！」

　女子とツーショットを撮るのは、なんだか恥ずかしい。こんなの夏南と撮っていた時以来だ。うまく笑えるだろうか。笑顔を意識すると、逆に笑えなくなっていく気がする。

「春野先輩の一番楽しかった記憶ってなんですか？」

「え？」

「楽しかったことを思い出せば、いい笑顔になるんじゃないかなって思いまして」

「あ、なるほど。楽しかった思い出か……一番……うーん」

夏南と撮った写真がつまっているアルバムを思い浮かべた。心視症の影響で彼女の顔は見られないが、それで思い出が色褪(いろあ)せてしまうわけではない。今でも昨日のことのように思い出せる。どれも幸せな時間だったので、順位なんてつけられない。

「ふふ、先輩悩んでいるのに、なんだか嬉しそうです」

「え？」

「今、とってもいい笑顔でしたよ。羨(うらや)ましいです。そんなにもたくさん、いい思い出があるなんて」

思わず赤面してしまう。やっぱり俺は顔に出やすいタイプみたいだ。出会ったばかりの女子にまで指摘されてしまうなんて。

ふと、市川さんが自撮り棒を下ろし、目を伏せた。

「思い出していたのは、夏南ちゃんのことですか？」

市川さんの言葉を受けて、俺は驚いて固まってしまっていた。いくら顔に出やすいとはいえ、そんなことまで言い当てられてしまうなんて。

「やっぱりお二人は通じ合っているんだなって思いますよ。夏南ちゃんは会うたびに先輩のことを自慢気に話すので、聞いているこっちは参ってばかりでした。もう聞き飽きるくらい、惚気話をされるんです。春野先輩の前ではできるお姉さんを演じていたみたいですけど、本当はドキドキだったみたいですよ？」

「そうなんだ」

いつもクールな夏南が羨ましくて憧れだった。俺にはないものを全部持っているような気がしていたから、そんな夏南が本当は、必死だったなんて信じられない。

「怜佳ちゃんは、よく知らない男の人と二人きりなんて危険だって言ってましたけど、春野先輩なら大丈夫だって改めて思いました。今でも夏南ちゃんのことを大切に想っている先輩だからこそ、こんなお願いができるんです。私が言うのも変かもしれませんけど、夏南ちゃんのことを愛してくれてありがとうございます」

不意に伝えられる感謝と、蘇る夏南との思い出。静かに微笑んだ市川さんを見ると、また涙が溢れてしまいそうになる。

「市川さん、土手の上に行こうよ。上からなら一望できるからさ」

市川さんに背を向けて歩き出す。

「わわ、待ってくださいよ、先輩！」

土手の上に立った俺たちは、眼下に広がる菜の花を見つめる。菜の花は遠くにある橋まで続いていた。

「やっぱり見渡せると、よりいっそう綺麗に見えます」

「でしょ？　喜んでくれて良かったよ」

「昨日のチューリップの前で先輩が言ったセリフ、覚えてますか？」

「ん？　なんだったろう。なにか言ったっけ？」

「うまく瞬間を切り取れたらいいなって言ってました。私は、いい風景を見て感動したとしても、誰かにその感動を伝えられるような絵は描けないと思うんです。多分、春野先輩はいいなって思った瞬間を捉えるのがとっても上手なんだと思います」

スマホの画面に映る菜の花を愛おしそうに見つめながら、市川さんは言葉を紡いでいく。

「私は絵の代わりに、カメラで瞬間を切り取ります。いつか、誰かが感銘を受けてくれるような一枚を撮りたいなって思いました。美術部のこと教えていただいたのにごめんなさい。怜佳ちゃんに相談をしてみないとなんとも言えませんが、私、写真部に入りたいです！」

風が揺れて、暖かい空気が頬を撫でる。

「先輩！　私、笑顔が撮りたいです！　ストーカーが怖いって気持ちに負けないくらいの満開の笑顔が撮りたいんです！　楽しかった思い出がつまった写真があれば、明日も頑張れる気がするから」

市川さんが写真を撮りたがるのは、怖いからなのか。次から次へと話すのを止めないのも、恐怖を紛らわそうとしていたからなのかな。

ああ、そうだ。俺に一緒に帰ってほしいと懇願していた彼女の震えを忘れてはいけない。何気ないように振る舞っていても、怖いのなんて当たり前じゃないか。市川さんは、必死に耐えようとしているんだ。

『普通に男女が楽しく下校している風を装って帰りましょう』

昨日の市川さんの言葉を思い返す。きっと今も市川さんは必死に楽しもうとしている。俺が悲しんでいる場合じゃない。三人で自撮りをした時もそうだ。昔の俺なら、困惑しないで笑ったはずだ。

──市川さんの前では、笑顔でいよう。

「一番楽しかった思い出は選べないけど、夏南とここで写真を撮ったことがあるんだ。あの時を思い出せば笑える気がするんだ」

今日みたいに、夏南との思い出が蘇ることもあるだろう。そのたびにきっと、夏南がいない事実に辛くなる。でも、夏南の笑顔を思い出せないからこそ、市川さんの前では笑うべきなんだ。市川さんの笑顔を守れるように。市川さんが抱いている恐怖を楽しさで上書きできるように。

「ここで写真、撮ってくれないかな？」

市川さんは目を丸くして、目を伏せて――最後に笑った。

「はいっ！　喜んで！」

菜の花を撮り終えた俺たちは、市川さんの家に続く大通りに出て、ストーカーを警戒しながら帰ることにした。今のところ、ストーカーは見当たらない。注意深く周囲に視線を走らせるが、これといって怪しい動きをしている者はいなかった。

「私をつけない日はなかったのに、今日はいないんでしょうか？」

小声でそう言った市川さんは、怪訝な表情を浮かべる。ストーキングされていない状況を喜ぶべきなのだろうが、そんな気分にはなれない。

「そういえば聞いてなかったけど、ストーカーが現れたのはいつくらいなの？」

「私が進路を急きょ変更した頃だったので、今年の一月末頃ですね。気が付いたのはその頃ですが、もしかしたらもっと前から尾行されていたのかもしれません」

楽しい会話をしたほうが、市川さんの気が紛れていいとは思うのだが、ついつい気になって質問をしていた。

「急きょってことは、この高校にくるつもりじゃなかったってこと？」

俺の言葉に市川さんが頷く。

「そうですね。本当は怜佳ちゃんと一緒に電車通学の女子校に通うつもりだったんです。でも電車だと逃げるのが難しそうだと思って、ストーカーから逃げやすい今の高校に変えたんです」

「そっか。もし女子校に通っていたら、今とは全然違った生活を送っていたかもしれないね」

「そうですね。どんな学校生活になっていたかはわかりませんけど、今の高校より偏差値が高いので、勉強が大変だろうなってことと、学校帰りにこんな風にチューリップや菜の花を見たりして、楽しむなんてことはできなかったと思います」

「ストーカーが誰なのかは見当ついてないんだよね？」

「はい。自慢できることではないですが、中学生の頃男友だちは少なかったので、執着される相手も理由もわからないんです」

「意外。市川さんなら男女共に友だちが多そうなのに」

「あはは、私のこと買い被ってますよ。友だちをたくさん作れる程器用じゃありません。こうして春野先輩と一緒にいられるのだって奇跡みたいなものです。優しく接してくれる先輩だから、楽しむことができるんです」

「俺は夏南と一緒に回った場所を市川さんに教えているだけだから。あんな場所でいいならこれからも案内してあげられるよ」

「ありがとうございます。春野先輩には本当に感謝しているんです。ストーキングされるようになって、心の底から笑って帰ることなんてできませんでした。学校から家までの距離をとても長く感じていたんです。でもほら、もう家に着いちゃいました」

「本当だ。あっという間だね」

「とっても楽しかったです。今日は本当にありがとうございました。お疲れ様です」

「うん。市川さんこそお疲れ様。またね」

市川さんが玄関の扉を開けて、中に入っていく様子を見守る。俺は彼女が扉を閉めるまで笑顔を絶やさず、手を振り続けた。

玄関の扉を閉めて、鍵を掛けるガチャンという音を聞いて安堵する。

うまく誤魔化(ごまか)せただろうか？　今日は上手に笑って過ごせただろうか？

お母さんは仕事をしているので、私の帰りを待っていてくれる人はいない。学校の喧騒から解放され、静寂に包まれた自宅に辿り着くたびに思う。自分は独りなのだと。

寂しいけれど、独りは楽だ。偽る必要がないから。元気に振る舞う必要がなくなると、弱い自分が顔を出す。

「ごめんね、春野先輩。夏南ちゃんとの思い出の場所を案内するのって、とっても苦しいよね。ごめん。ごめん。ごめんなさい」

唇を噛みしめる。

嫌というくらい伝わってくるんだ。春野先輩の気持ち。

私はとても罪深い人間だ。自分可愛さに春野先輩を巻き込んだ。きっとこれから先、今以上に彼を苦しめることになる。私の罪も大きくなっていく。でも、それでも、私は――

市川さんと別れた俺は、見落としていた重大な事実に気が付き、立ち尽くしていた。

ストーカーが帰り道にいなかった理由がようやくわかった。今回の狙いは市川さんじゃない。俺だ。視界の端、電柱の後ろからゆっくりと紫色のモヤが出てきた。

昨日は市川さんを送り届けた時間が今日より遅く、暗かったおかげで逃げ切ることができた。

今はどうだ？　空はオレンジになっているが、夜が訪れるまでもう少し時間がかかりそうだ。

このストーカーは、尾行対象の交流関係にも関心を示すタイプだ。市川さんと付き合いのある相手が誰かを調べる効率の良い方法は、市川さんの自宅近辺に待機していることだ。

暗くなるまでどこかで時間を潰すべきだろうか？　相手が直接手を出してこないことを前提にした作戦だが、ストーカーに自宅を知られるのはまずい。だけど、それをいつまで続ける？　何日も誤魔化し続けることは難しい。

たとえ、俺が卒業するまで市川さんの身になにも起こらないとしても、卒業後は誰が彼女を守る？　市川さんと西園寺さんだけで立ち向かっていけるのか？

「なにか現状を打開する方法を考えないといけないよな」

ひとまず俺は自宅とは反対の方向へ歩き出した。ふと目に留まったのはゲームセンターだ。ここならば自動扉が北と南に二つあるので、ストーカーがいない方角から出ることができる。

中に入って財布を取り出して周囲を見渡す。どのゲームで遊ぼうかと考えているふりだ。真っ直ぐ進めば反対側から出られる。奥に移動しようとした時、ストーカーが背後から入ってくるのがわかった。

俺は咄嗟に設置されているゲーム機の裏に隠れた。ストーカーは周囲を見回して、俺を見つけようとしている。

執拗だ。なんとしてでも俺を尾行するつもりのようだ。このまま隠れながら移動してゲームセンターを出よう。そうすればストーカーに見つからずに済むはずだ。はやる気持ちを抑えながら、反対側の出口を目指す。

　しかし、不運なことが起きた。俺が出ようと思っていた自動扉から、うちの高校のジャージを着た生徒たちが入ってきたのだ。

「伊勢谷、なにして遊ぶ？」

「カーレースゲームで誰が一番にゴールできるか勝負しようぜ」

　名前と声で誰がやってきたのかがわかる。大地を含む空手部のメンバーだ。

「くそっ」

　思わず舌打ちをしていた。相手がストーカーだけならば、隠れながら出ることができたかもしれない。しかし、知り合いにも見つからないようにして脱出するのは不可能だ。

「おっ！　律じゃん」

　同じ学校の生徒がゲームセンターを訪れる可能性を失念していた。話しかけられて足を止めないわけにはいかない。

「よう大地。部活終わりに皆とゲーセンか。仲がよろしいようで」

「まぁな。たまにはこういうのもいいかなと思ってさ、皆を誘ってみたんだ。そういうお前は一人で暇潰しってところか？」

「あ、ああ。家にすぐ帰るのもアレだなと思って」

なんだよ、アレって。自分でもなにを言っているのかよくわからない。

「学校終わってからずっとか。お前が家にすぐ帰らないなんて珍しいし、こんな所にいるのはもっと珍しい。なに、親御さんと喧嘩でもしたのか」

「そういうわけじゃない。なんとなくだよ、なんとなく」

「なんだぁ？　煮え切らない奴だなぁ」

長い時間、一か所に留まってしまった。もうストーカーに俺の居場所が知られていると考えて行動したほうがよさそうだ。逆に、俺は大地と話をしたことでストーカーを見失ってしまった。

「あはは、本当に理由なんてないんだって。しっかし、大地がきたってことはけっこう時間が経ってしまったみたいだな。もう少ししたら帰らないとだわ」

「そうか。一人で遊ぶくらいなら俺を誘えよ。一緒に遊んだほうが楽しいじゃん」

「ああ、次に暇な日があったらそうするよ」

大地はじゃあなと言うと、仲間たちを追って店内を回りはじめた。彼のことだ、ゲームセンター以外にもどこかへ遊びに行くのだろう。

「さてと、どうするかなぁ」

さすがになにもしないで店を出るのはまずいだろうと思い、近くにあったクレーンゲーム機で遊ぶことにした。最初、筐体の中に入っている景品のぬいぐるみを見た時は、観葉植物をかたどったものだと思っていたが、よく見ると観葉植物を入れている鉢部分に顔が描かれていた。鉢に眉毛と目と口がついていて、子供に好かれそうな可愛らしいデザインをしていた。

「これをあげたら市川さんは喜ぶだろうか？」

市川さんに出会ってまだ二日。植物が好きと言っていたけれど、ぬいぐるみなんて貰っても嬉しくないかもしれない。

「ハンカチを貸してくれたお礼ってことにしよう。うん」

比較的取りやすそうだ。お金を入れて動かしてみる。サボテンを載せた鉢が、つぶらな瞳で笑っているぬいぐるみを手に入れた。あっさりと入手できたことを喜びながら鞄（かばん）にしまう。今度、下校する時に渡してみようか。

「さてと、問題はこっからだ」

外の様子を確認すると、日が沈んでいた。これならば逃げられるかもしれない。覚悟を決めてゲームセンターを出る。暗ければ相手の目をくらますことができると考えていたが、そうはうまくいかないようだ。俺を追ってゲームセンターを出たストーカーは、カメラを前方にかざしながらこちらへ近付いてくる。

「ナイトビジョンか！」

相手の対策は万全のようだ。走って逃げることは敵わない。下手に俺が動いて、尾行に気付いていることをストーカーに知られるのはまずい。

溜息をつきながら、自宅を知られる覚悟を決める。

そこからはもう力を抜いて歩いた。俺が家に帰るまで、相手はぴったりと後をつけていた。

自室のベッドで倒れているとスマホが揺れた。確認すると市川さんから画像が送られてきた。西園寺さんと三人で撮影をした時と、市川さんと菜の花を背景にして撮影をした時の写真だった。

西園寺さんの顔は見えないが、市川さんの顔ははっきりと見える。どの写真もにっこりと笑っていて、とてもストーカー被害に悩んでいるようには見えない。

写真を見ながら、市川さんと撮影をした時を思い返す。笑顔をすぐに作れなかった自分に驚き、笑うことの難しさを知った。常に心が沈んでいた証拠だ。市川さんはすごいな。笑顔が素晴らしいところも夏南に似ている。

「くそっ‼」

手が震えていた。ストーカーに狙われ、背後から迫られる恐怖が抜けない。家にいても、どこからか見られているんじゃないかと考えてしまう。

一日だけでもこんなに怖いのに、毎日のように見られている市川さんの恐怖はどれ程のものだろうか。

「楽しい思い出がつまった写真を見て活力を得たいっていう市川さんの気持ち、わかるなぁ」

夏南の笑顔を思い出せたら、どれだけ楽な気持ちになれるのだろう。思い出せたら、どんな逆境だって乗り越えられる気がするのに。

「なんでなくしちゃったんだろうな。大切なはずなのに消えちゃったよ」

これまでも心視症に苦しめられてきた。けど、今日程心視症が憎いと思った日はない。焦がれる程夏南を求めても、彼女の顔さえ忘れてしまった。

市川さんが描いたチューリップの絵を思い出す。俺も簡単な絵でいいから、描けるようになりたい。少しは慰めになるだろうから。けれど、日常生活でどれだけペンや鉛筆を握っても問題ないのに、絵を描こうと思う時だけ手が震えてしまう。

「でも、これが罰なんだなぁ……夏南を守れなかった俺の罰なんだ」

もう一度、スマホの中で笑う市川さんに視線を落とす。俺も笑うと決めたはずだ。彼女の前では笑顔でいるんだと。ストーカーに対する恐怖は消えない。けど、市川さんの笑顔を失うのはもっと怖い。

鏡を机に置き、自分の顔を見ながら、人差し指を口の両端に押し当てる。上に向け力を入れて、無理矢理笑顔を作ってみる。

夏南と一緒にいた時の俺は、意識することなく笑えていたんだ。取り戻そう。夏南の笑顔も、俺の笑顔も。


「おはよう‼」

俺は高々と声を上げながら、市川さんたちがいる教室の扉を開けた。先週の金曜日と同様、椅子に座って対話する二人に近付いていく。土日は、市川さんと会うことができなかったからか、彼女の姿を見てやけに安心している自分がいた。

「おはようございます。春野先輩、今日もきちゃったんですか？　怜佳ちゃんがいるから大丈夫なのに」

「まぁ、そうなんだけどね……」

頭を掻きながら、どう答えようか悩んでいると市川さんがくすりと笑った。

「私のことを心配してくれたんですよね？　ありがとうございます！」

真っ直ぐに感謝の気持ちを伝えられて、なんだかこそばゆい。ふと、西園寺さんを見ると青色のモヤを浮かべていた。これは悲しい気持ち？　どうしてだろう。

「麻友と春野先輩、仲良くなったみたいですね。こんな風に笑う麻友、久々です」

「怜佳ちゃん、私はいつも笑顔だよ～？」

そう言ってにこにこしてみせる市川さんを見て、西園寺さんの青が濃さを増すと同時に、黄色が少しだけ浮かんだ。

「いつも以上に元気なのよ、今日の麻友は。春野先輩、わたくしが通院している間はよろしくお願いします」

「うん。西園寺さんは手を治すことに専念してね」

「はい。ありがとうございます」

丁寧にお辞儀をする様が綺麗だ。西園寺さんは佇まいからしてほかの女子とは違う。

「それで怜佳ちゃんはどんな病気かわかったの？」

「ええ。フォーカルジストニアという病気らしいの。日常生活に問題はないのですけど、演奏に関わる動作の時だけ、指のコントロールがうまくいかなくなるという厄介な病気よ」

「ええ〜、じゃあピアノはダメそう？」

「当分は治療に専念しなくちゃいけないから、ピアノはお預けね」

西園寺さんの話を聞いて市川さんが項垂れてしまう。

「なんでわたくしより麻友のほうが落ち込んでいるのよ。元気出しなさいな」

西園寺さんに頭を撫でられ、市川さんが小さく頷く。二人の仲の良さを改めて感じる。

「市川さん、今日も一緒に帰るってことでいいのかな？」

俺が尋ねると市川さんは、ちらりと西園寺さんを一瞬だけ見た。

「その件なんですけど、今日は怜佳ちゃんの病院の時間が遅いので、少しだけ写真部の見学に行こうかと思っているんです。なので、帰る時間がこの間より遅くなっちゃうかもしれないのですが、大丈夫でしょうか？」

「わかったよ。じゃあ見学が終わったら教えて。それまでは暇潰ししてるからさ」

「ありがとうございます」

市川さんのお辞儀に頷きを返した俺は、その場を後にした。


「どれにしようかな」

いつもなら屋上で昼食をとる俺だが、あいにくコンビニでお弁当を買う時間がなかったので久々に食堂にやってきていた。券売機の前で思案していると「Aランチでいいだろ」という大地の声が後ろから聞こえてきた。

「律が食堂なんて珍しいじゃん」

「今日だけだ。たまたまだよ、たまたま」

「律も食堂で食べればいいのに。皆と会話しながら食べるの最高だぞ？」

「大地の言うこともわからなくはないけどさ、俺はもう無理になっちゃったんだよ。

ワイワイするの」

「昔はメチャクチャはしゃいでたのになぁ〜、あの頃の律はどこに行ったんだか」

俺に「Aランチだろ」とか言っていた大地のプレートの上には、Cランチと書かれた券が置かれている。どういうことだとツッコミを入れたくなったが、結局口に出すことはなかった。

「はい、お待ちどうさん」

食堂のおばあちゃんに食券を渡すと、ハンバーグと味噌汁とご飯がプレートの上に置かれる。夏南と付き合いはじめた頃、学食で大地に恋愛相談をしていたのを思い出しながら、おばあちゃんにお礼を言って丸いテーブルの席に着く。少し遅れてラーメンを載せたプレートを持った大地が、俺の向かいに腰を下ろした。

「なぁ、律。市川ちゃんと一緒に下校してるのを見たって奴がいるんだが、本当か？」

「っ——げほっ、げほっ‼」

味噌汁を飲んでいた俺は、大地のセリフに驚いて、咳き込みながら胸を叩く。

「その反応、本当みたいだな？」

「……本当だとして、大地になにか関係があるのか？」

「ん、いいや。相場ちゃんのことをあんなに好いてたお前さんが、ほかの女子に急になびくとも思えないから、なにか面倒なことに巻き込まれたんかな〜って思ってさ。

それを聞いて、昨日律がゲームセンターにいたのに納得がいったよ。市川ちゃんといたんだな」

ランチから大地へと視線を移す。彼は大雑把な性格なのに、時折鋭い発言をしてくるから困る。これ以上動揺を悟られないように、水の入ったコップを口に運ぶ。

「いいや、別になにもないよ。ただ、俺の絵についてまた聞かれただけさ」

大地にならば話してもいいのかもしれない。彼は基本的に、他人が嫌がることはしないし、市川さんの事情を知ったらそれなりの対応をしてくれるだろう。

だが、他人のプライバシーに関わる重大な秘密を、簡単に口にしてはいけないという考えが、俺の口を固く閉ざさせていた。

「えらく熱心なファンがついたな。いいなぁ～俺も可愛い女子に尊敬の眼差しを向けられたいよ」

「そうかね、まったく知らなかった女子に尊敬されてもビックリするだけだよ」

なんでもないことのように振る舞いながら食事を続けていると、食堂の入り口に市川さんと西園寺さんがやってくるのが見えた。二人はいつも一緒にいるな、なんて思っていると、俺の視線を追って大地が振り返ってしまう。

「お、噂をすればじゃん。市川ちゃんと一緒にいるのは西園寺ちゃんか？」

「大地、西園寺さんを知っているのか？」

「おいおい、けっこう有名だぜ？　今年の入試、トップで入ってきたって噂だぜ。さらにピアノのコンクールで何度か入賞してるって話だ」

「そんなにすごい子なんだ」

「ああ。そこそこ美人で頭もいいっていう才色兼備な子だからモテてる。すでに一目惚れしちまった男子が何人かいるらしい」

「詳しいんだな」

「まぁな。俺は合コンを主催する側だからさ、いろいろと情報を集めるのが癖になってるのよ。相場ちゃんしか眼中にない律とは違うんだよ。そんなお前が市川ちゃんと下校したり、西園寺ちゃんのことを名前だけでも知ってるなんて意外すぎる。やっぱりなにかあったろ？」

　鋭すぎる……！　大地を見て絶句していると、「そうか、あくまで無言を貫くか……」なんて違う解釈をされてしまった。

「しょうがない。だったらご本人様に聞いちゃうのが早いよな。おーい、市川ちゃーん」

　温うどんを選んだ市川さんと、焼き鯖定食を選んだ西園寺さんに手を振る大地。大声なので、呼ばれた側もすぐに気が付いたみたいだ。

「あ、伊勢谷先輩と春野先輩！」

俺たちを見つけて笑顔を咲かせる市川さんと、青色の感情を浮かべた西園寺さんが、俺たちの座るテーブルへとやってきた。

　俺の左隣に市川さん、大地の右隣に西園寺さんが座る。

「この間、市川ちゃんには自己紹介したけど、お友だちもいるみたいだし改めて……俺は伊勢谷大地。空手といっぱい喋るのが得意だ。名前呼ぶ時に先輩なんてつけなくていいからさ、気軽に呼んでよ。よろしくね」

　早めにご飯を食べ終えようと箸を動かしている俺をよそに、大地は市川さんたちから情報を聞きだそうと、会話に夢中になっていた。

　大地は俺と違って女子と仲良くなるのが上手だ。初対面の相手だろうと臆さずに明るく会話ができる。

「へーじゃあ、春野先輩も人気だったんじゃあないですか？」

　知らない間に俺の話題になっていたようだ。

「そうそう。今はこんな感じで会話に全然交ざらないからピンとこないかもしれないけど、昔はとってもハジけてたんだよ。毎日、家に帰るのも遅かったし。たまに日を跨ぐ時もあったかな」

「大地、あんまり俺の話はしないでくれよ？　お前の恥ずかしい思い出とかだったらいいけど」

「お、やっと律も話す気になった？　普段静かなんだからもっと喋ったほうがいいぜ」

「余計なお世話だっての」

「羨ましいです。わたくしの親は厳しいので、夜遅くまで遊ぶことは許してもらえないんですよ」

「へぇ～、西園寺ちゃんのお家は門限とかある感じ？」

「そうです。けっこううるさいんですよ」

「怜佳ちゃんが遅くまで外にいていいのは、塾に通っている時だけですからね。私と違ってお勉強ばっかりしてました」

「あはは、じゃあ西園寺ちゃんは頭がいいんだ？」

「そうですよ～、たぶん同学年に怜佳ちゃんより頭がいい人はいないと思います。テストで平均点をとれるかとれないかくらいの私とは全然違います！」

西園寺さんの優秀さは大地も知っているはずなのに、初耳かのように話すのは、見事としか言いようがない。

「麻友は「お勉強教えて～」ってわたくしに助けを求めてくるので、教えてあげるんですけど、全然成績が伸びないんですよね」

「も～、怜佳ちゃん。褒めてあげたのになんで私は貶められてるの！」

「あははは」

「そうだ、この食堂には絵が飾られてますよね。春野先輩はあの絵がなんだか知っていますか？」

不意に市川さんが俺に話題を振る。できるだけ静観していようと思っていたのだが、質問をされてしまっては答えないわけにはいかない。

「この学校を卒業した有名な画家さんの油絵だよ。五枚全部同じ人が描いたんだ」

「そうなんですね！　春野先輩は物知りですね！」

「そうでもないよ。俺も初めて食堂にきた時は、誰の絵だかわからなかったし」

「春野先輩はどの絵がお好きですか？」

「うーん、そうだなぁ……俺は向日葵のやつかな」

「あ〜、あの向日葵の絵いいですよね！　向日葵なのに皆向いている方向が違うのが興味をそそられます！　綺麗に輝や……」

「そうかしら？　確かに麻友の言いたいこともわかるけど、とっても暗い絵じゃない。茶色とか黒色とかばっかりで残念。向日葵なんだから明るい色を使ってほしかったわ」

西園寺さんが市川さんのセリフに被せるようにして絵の評価を下した。残念ながら、俺の推しの絵は否定されてしまった。向日葵をあえて暗く塗っているところがいいって思ったんだけどな。やっぱり見る人によって捉え方が違うようだ。

「確かにどうせなら明るい色がいいよね」

「でしょ？　芸術的な観点から見るとあれが評価されたのかもしれないけど、わたくしは好きになれないわね」

「やっぱり市川ちゃんは絵に興味が湧くんだな。俺は全然そういうのに興味がないから、飾ってあってもふーんって感じで終わっちゃうんだけど、律と同じ人種か」

「俺と同じ人種ってなんだよ！」

思わずツッコミを入れてしまったが、なんだか声が上擦っていたような気がする。

「あはは、伊勢谷先輩の言う通りで昔は私も絵を描いていたんですけど、うまく描けない自分に嫌気がさしてやめちゃったんですよ」

先週の金曜日に、市川さんと下校した時の会話を思い出す。色をつけると変になってしまうと言っていたな。あれだけ模写が上手だったのに、なぜそんなにも着色に難儀してしまうのだろうか？

「そういえばさ、市川ちゃんは律の絵が気に入ってたよね？　下校する時も絵についていろいろと聞かれたって律が言ってたけど本当？」

「そうなんですよ。春野先輩のことすごいって思っているので、いろいろと聞きたかったんです！」

「へぇ……市川ちゃんって物静かそうに見えて意外と積極的だよね。もしかして律のことが好……」

「麻友、そろそろ行きましょうか。いつもならもう教室に戻っている時間でしょう？」

不意に西園寺さんが立ち上がる。気が付けば二人の皿は空になっていた。

「あっ！　本当だ。そろそろ戻らないとだね！　春野先輩、伊勢谷先輩、誘っていただきありがとうございました。楽しかったです！」

「ありがとうございました。わたくしたちはこれで失礼します」
二、三回頭を下げる市川さんと、小さくお辞儀をする西園寺さん。小さくなっていく二人の背中を見つめているうちに、場が静まっていることに気が付く。温かかったはずの味噌汁が冷え、美味しさが半減したように感じられた。
「さてと……俺たちも教室に戻るか」

「そうだな。こんなに自分の周囲がうるさい昼休みは久々だったよ」

「たまにはこういうのも悪くないだろ？」

「そうだな……」

大地と並んで廊下を歩きながら、もう少しあの時間が長く続いたら良かったのにと思っている自分に驚いていた。最初は早く食べ終えようとしていたのに。

「あの市川ちゃんって子は本当にお前のことを気に掛けているんだな」

「え？」

「最初律が黙ってた間、ずっとチラチラお前のほうを見てたよ。なんとかしてお前が輪に入れるように話題を振ろうとしてた。食堂に飾られてる絵の話題を出したのも、そのためなんじゃないかな」

「そうだったのか……」

「お前が未だに相場ちゃんのことを引きずっているのはわかってる。すぐに前を向け、なんて言う気はねぇし、市川ちゃんとなにがあったのかも無理に聞かねぇよ。でも一人で抱え込むなよ。お前が悲しまないのもそうだけどさ、お前のことを大切に想ってくれている市川ちゃんを悲しませないようにな」

「大地……」

「なにかあったら言えよ。協力はするぜ？」

「ああ、ありがとう。本当にやばかったら言うよ」

「バーカ、やばくなる前に言うんだよ」

　素直に感謝を述べたからか、大地は恥ずかしそうに俺の肩にパンチをしてきた。まだストーカーの件はなにも解決していないし、気になることばかりだ。だけど、素晴らしい親友を持てた喜びを今は噛みしめたい。

「さて、どうしたものか……」

このまま一緒に下校をしているだけでいいのか？　なにか対策を講じるべきじゃないだろうか？　なんてことを考えながら、本日の授業をすべて終えた俺は、屋上で空を眺めて時間を潰していた。市川さんたちは写真部の見学をしている頃だ。

「あら、こんな所でなにをしていますの？」

三つ編みを押さえながら、西園寺さんがこちらにやってくる。屋上を吹き抜ける風によって彼女の髪がなびく。

「部活動見学が終わるまで、空でも眺めながら暇を潰そうかなって思って。西園寺さんこそなんでこんな場所に？」

「校内で自分が良いと思った場所で写真撮影をすることになったんです。さすがに麻友と同じ場所じゃあ怒られそうなので、別行動中です」

屋上を囲う金網に手を当てながら、西園寺さんが大きく息を吸う。

「あの……なんで春野先輩は、麻友のために本気になれるんですか？」

「え？」

「後輩のわたくしに頭を下げてまで、麻友と一緒に帰ることを決めたじゃないですか」

「そうだよね。会ったばかりなのに、なんで？　って思うよね」

校庭へ視線を移せば、野球部やサッカー部が活動している姿が目に入る。

「西園寺さんは、市川さんから俺のことをどこまで聞いてる？」

「そうですね。文化祭で飾られていた絵がすごいってことくらいですかね。それ以外はよく知らないんです」

「そっか。ねぇ、西園寺さん。相場夏南って名前を聞いたことはあるかな？」

「ええ。名前どころか、麻友の家に遊びに行った際にお会いしたこともあります」

「じゃあ、俺が夏南と付き合ってたって話は知ってる？」

「春野先輩が……？」

食堂で一緒に昼食を食べた時の様子から、俺のことを根暗な人間だと思っていたのだろう。夏南と付き合っていただなんて信じられないといった様子だ。

「大好きだった。夏南と将来、結婚するんだって本気で思ってたんだ」

「それだけ深い仲だったんですね。でも、相場さんは……」

「そう、夏南はもうこの世にいない。死因って知っているかな？」

西園寺さんが首を横に振る。その様を見て、俺も手を伸ばして自然と金網を握りしめていた。

「夏南はストーカーに刺されて亡くなったんだ」

俺の言葉を聞いて、西園寺さんが固まる。オレンジ色に染まっていた空が、雲に覆われて暗くなる。冷たい風が右から左へと通り過ぎ、暗い銀色に染まった天上から一滴の雫が落ちた。

「俺はもう二度とあんな想いをしたくない。理不尽な理由で近しい人を失う悲しみを味わいたくない。だから協力しているんだ」

「そんな過去があったのですね。ごめんなさい。辛いことを思い出させてしまいました」

「ううん。気にしないで。気になるのは当然だ。西園寺さんはなにも悪くないよ」

「ありがとうございます。お詫びと言ってはなんですが、わたくしと麻友の話をしましょう。小学生の頃、わたくしはとっても大人しい性格で、休み時間は本を読んでいるような子でした」

唐突に西園寺さんが語りはじめた。俺は彼女の言葉に耳を傾けながら見守る。

「反対に麻友は友だちがたくさんいたんです。今と違って、とっても明るい性格でした。男子に交じって校庭で遊ぶくらい活発だったんです。信じられないでしょう?」

友だちをたくさん作れる程器用じゃない。市川さんはこの前中学時代を振り返ってそう言っていた。ストーカーが現れるよりも前のことだ。なにかがあって変わってしまったのだろうか?

「わたくしの母は厳しくて、ピアノ以外にもたくさん習いごとをさせられていました。

なので、友だちと約束をして放課後に遊ぶことが全然できなかったんです。あいつは誘ってもきてくれないから誘うのやめようぜって、同学年の子に言われていたくらい。でも麻友だけは違って、ピアノ上手だねって、なんの本を読んでるの？　って、毎日話しかけてくれたんです。一人だったわたくしを麻友は救ってくれた。だから、あの子のためにいろいろとしてあげたいんです」

　先程まで不安を表す緑色だった西園寺さんのモヤが、市川さんのことを語っている時だけ、ピンク色に変化していた。

「西園寺さんは市川さんのことがとっても大好きなんだね」

「なっ……ななな、なにを言っているんですか？　春野先輩は！」

「違うの？」

　上擦った声を上げる西園寺さんに思わず微笑んでしまう。

「違わないです。でも、ストーカーの件で悩んでいるあの子の力になれているかは微妙です。……朝、久々にあんなに嬉しそうに笑う麻友を見ました。あの子から笑顔を引き出したのは、わたくしじゃなくて春野先輩です」

　だから今朝、教室で青色のモヤを浮かべていたのか。西園寺さんは市川さんのことを想っているが故に、素の笑顔を取り戻してあげられなくて悲しんでいたんだ。

「春野先輩と相場さんの話を聞いて、麻友が貴方に助けを求めた理由がなんとなくわかったような気がします。春野先輩は、下心なく本気で他者を思いやれる方なんですね」

「そんなことないよ。俺はそんなに立派な人間じゃない」

市川さんの側にいれば夏南の笑顔を取り戻せるかもしれないとか、顔が見える理由がわかるかもしれないとか、失う痛みを味わいたくないとか、全部自分本位の理由だ。

「わたくしが協力者を増やしたくなかったのは、他者を巻き込みたくなかったからです。ストーカーが誰なのかはわかりませんけど、相当麻友に執着しています。春野先輩は平気な顔をしてますけど、自宅までストーカーがついてきたんじゃないですか？」

「よくわかったね。もしかして西園寺さんも？」

「ええ。わたくしはもう高校に入る前に把握されています。ほかの人には、知らない人に追われる恐怖を体験してほしくなかったんです。普通は自分が一番大事だから、自分の身に危険が迫れば麻友を守ろうとなんてしなくなります。そうなったら、お互いに苦しいだけじゃないですか」

「確かに俺でも怖かったから、逃げたい気持ちはわかる気がする。でも、だからこそ市川さんの笑顔を守りたいと思ったし、市川さんの側にいる時は俺も笑顔でいたいって思えたよ」

俺の話を聞いて、西園寺さんは黙ってしまった。

彼女の言葉を待っていると、ぽつりぽつりと雨が降ってきた。徐々に雨が強くなりそうな気配を感じ、校舎の中に戻ることにする。

なにか考えているのか、西園寺さんの足取りはとても重い。ゆっくり歩いているつもりだったが、先に階段を下り終えてしまった。

「春野先輩に頼みたいことというか、わたくしがあの子の隣にいられない時にフォローしてほしいことがあるんです」

市川さんたちの教室の前まできた時、西園寺さんが、声を絞り出すように言葉を発した。

「うん。協力できる内容だといいんだけど」

「麻友は色が見えないんです。あの子の見ている世界はモノクロなんです」

入り口横の壁に設置されているスイッチを押して電気をつけ、教室の中へと入っていく。西園寺さんがどの椅子に座るのかと思い、彼女の背中を見つめていると、窓に手の平を当てて遠くを見つめはじめた。

「麻友は色覚異常なんです。色が見えないだけでも辛いのに、誰だかわからないストーカーに狙われてしまうなんて。本当に災難続きで……」

西園寺さんから色覚異常の話を聞いて、市川さんと一緒に見たチューリップや菜の花のことが思い浮かんだ。彼女は花々の輝きがわからなかったのだろうか？

感情が色となって見える俺とは対照的に、彼女は色が見えない。どんな境遇だ。色に関する悩みを抱えている彼女の顔だけは見えるなんて。

「ああ、そうだね」

「だから春野先輩、フォローしてあげてくださいね」

「わかった。善処する」

不意に西園寺さんが窓を開け、スマホで校庭を撮影しはじめた。雨が降っていても運動部は外を走っている。

「ちょうどいいので雨の中頑張っている野球部の写真を持っていこうと思います」

「ああ、そっか。写真部の課題があったんだったね」

「ええ。もう少ししたら部室に戻らないといけません」

撮影が終わるなりすぐに窓を閉めた西園寺さんは、撮影した写真を確認した。やがて、納得がいく一枚が撮れたのか、ポケットにしまった。

「あのさ、西園寺さんの通院がない日も一緒に帰ってもいいかな……男の俺がいると嫌なのはわかるんだけど、気になっちゃって」

「いいですよ。本気で麻友と関わってくれる人なら拒否したりしません。春野先輩は世話焼きさんなんですね」

少しして西園寺さんは写真部に行ってしまった。再び一人になった俺は、図書室に行って時間を潰すことにした。

適当に本を何冊か見繕って席に着く。依然として降り続ける雨の音が良いＢＧＭになって、予想以上に読書が捗った。

俺を本の世界から現実へと帰還させたのは、スマホが振動する音だった。画面を見ると、市川さんからメッセージが届いていた。アプリを開くと、市川さんのアイコンがパキラから菜の花の写真に変わっていることに気付く。俺と一緒に下校した時の写真をアイコンにしてくれたことが、なんだか無性に嬉しい。市川さんの感情がわからないから不安だったけど、ちゃんと楽しんでいてくれたようだ。

内容を確認すると、「部活が終わりました」というメッセージに、観葉植物の鉢に顔が描かれたキャラクターが「お待たせしました」と言っているスタンプが添えられていた。

スタンプが鞄（かばん）の中に忍ばせているぬいぐるみに似ていることに、一人ガッツポーズをする。俺がとったぬいぐるみは間違っていなそうだ。あとは喜んでくれるかどうかだ。

彼女に「了解、昇降口で待ち合わせしよう」と返信して席を立つ。本を元の位置に戻してから図書室を出て、足早に昇降口を目指す。

「一時間ぶりですね、春野先輩。あの後、なにをしていたんですか？」

「図書室で本を読んでた」

「なるほど。確かに読書なら簡単に時間が潰せますね」

「あれ、なんだか怜佳ちゃんと春野先輩が仲良くなってる？」

小首を傾げて俺と西園寺さんを交互に見つめる市川さんに、なんて答えようか思案していると、西園寺さんが「麻友について話していたのよ」とあっけらかんと答えた。

「私のこと？」

「春野先輩は少しだけほかの人より信頼できそうだったから、麻友が色覚異常だってことを話したの。勝手に話してごめんなさい」

「へぇ……怜佳ちゃんがそんな風に他人を認めるなんて珍しいね。やっぱりすごいな、春野先輩は」

「怒らないの？　私が貴方の秘密を話したこと」

「え？　なんで私が怒るの？　私のことを想って春野先輩に話してくれたんだよね？　だったらむしろ感謝したいくらいだよ」

西園寺さんは市川さんの言葉を聞いて安心したのか、茶色のモヤを浮かべた。

「怜佳ちゃんの言った通り私、色が見えないんです。三人で自撮りした写真も、先輩の持っているペンギンのキーホルダーも、食堂に飾られている向日葵（ひまわり）の絵も、チューリップも菜の花も全部色がわからないんです。……春野先輩のお気に入りの場所に連れていってもらったのに、色が見えないことを黙っていてごめんなさい。でも、花を綺麗だって言ったのは嘘じゃないんです。色が見えなくても綺麗だと思ってます。本当です！」

市川さんが俺に対して深く頭を下げている。俺に隠し事をしながら接していたことを気に病んでいたんだろう。他人に簡単に話せないような重たい事情だということくらい充分にわかっている。

「大丈夫だよ。俺は市川さんが嘘をついたとは思ってない。気にしないでいいんだよ。その代わりと言ってはなんだけど、もし嫌でなければ教えてほしいことがあるんだ。色が見えないのって生まれつき？」

見えなくなった時期が気になっていた。モノクロでも俺の絵をいいと思ってくれたのだろうか。それとも文化祭の後に見えなくなったのだろうか。

「後天性ですよ。昔はちゃんと色鮮やかに見えていたので着色もできたんです。色覚異常になってからは一切描かなくなりました。もう何年も前から私の世界には色がないんです」

無理をして笑っていた。彼女の顔にモヤが見えたら、きっと青色が浮かんでいるんじゃないだろうか。

そんな市川さんの表情を見たからか、力強く拳を握りしめている自分がいた。目の前にこんなにも悲しんでいる人がいるのに、なにもしてあげられない自分の無力さを感じたから。

「私なんかの話をしていてもつまらないでしょうし、楽しい話をしましょう。途中までは怜佳ちゃんの病院への道が同じなので、三人で一緒に帰れますし」

両手を叩いて笑みを浮かべる市川さんだが、その足が震えているのを見逃しはしなかった。

「怖い時は怖いって言っていいんだ。そのために俺たちがいるんだから」

「そうですね。わたくしたちが一緒にいるから大丈夫よ。麻友はもっと自分の気持ちに素直になっていいと思う」

「春野先輩……怜佳ちゃん……」

市川さんの目尻に涙が溜まり、光が反射する。やがて堪えきれなくなった雫が頬を流れた。鼻と口を両手で押さえて、肩を揺らしている。

少しでも彼女の心を軽くしてあげたいと思う。それが夏南を救えなかった贖罪になると信じて。

「あの、市川さん。良かったらこれを受け取ってくれないかな?」

ゲームセンターのクレーンゲームで入手したぬいぐるみを鞄から取り出し、市川さんに差し出す。

「植物が好きだって前に言っていたのを思い出してね。ぬいぐるみだけど、喜んでくれるかなって思ってさ」

「一緒に帰っていただいているだけでもありがたいのに、ぬいぐるみまで……先輩は優しすぎますよ。ありがとうございます」

市川さんは、ぬいぐるみを胸に抱き寄せて、涙を流した。

「これは春野先輩にもアプリを入れてもらわないといけませんね」

西園寺さんが黄色とピンク色のモヤを浮かべながら、少し大きな声で言った。

「アプリ?」

ポケットティッシュを取り出して鼻をかんでいる市川さんの横で、西園寺さんが俺にスマホの画面を見せてくる。

「GPS追跡アプリ?」

「はい。このアプリは、登録した人の現在地をリアルタイムで表示してくれる優れものなんです。わたくしは麻友の位置情報を常にチェックできるようにしているんです」

「あ〜、よく小学生くらいの子を心配する親が使ってるやつだ」

「その通りです。これがあれば万が一、麻友に危険なことが起きてもすぐに助けに行けます」

「でも、さすがに俺が市川さんの位置情報を知ることができちゃうのはまずいんじゃないか？　これじゃあプライバシーなんてないじゃないか。常に監視されていると思ったら、なんか落ち着かなそう」

「そんなの春野先輩に協力してもらうって決めた時から承知しています」

涙を拭いた市川さんが俺を真っ直ぐに見つめてくる。芯の強い瞳だった。

「わかった。俺もそのアプリをダウンロードすればいいんだね？」

「はい。お願いします。このアプリのネックはバッテリーの消費が激しいところなんですけどね」

「そうなんだ。じゃあ充電器を忘れないようにしないとね」

地図上に俺たち三人の位置を示すピンが置かれているのを確認し、市川さんが「バッチリです！」と親指を立てた。

西園寺さんを含めて三人での下校は初めてだ。雨が降る中、傘を差しながら歩道を進んでいく。さっそくだが、背後からストーカーが尾行していることに気が付いた。

高身長の人間が電柱や家の壁に背中を預けて、いつの間にかこちらを見ている。

ストーカーは市川さんを追いかけている時は愛情を示すピンク色のモヤを浮かべ、

市川さんが自宅に到着して見えなくなると憎悪を示す紫色の感情を俺に注ぐ。というのがこれまでの色の変化だった。

だが、今日は違う。俺たち三人が一緒にいるだけで憎悪の色を浮かべていて、愛情の念はまったくなくなっていた。

「麻友と春野先輩が二人で帰る時は、いつもどんな会話をしていますの？」

「撮影スポットの話をしていることが多いかな」

「ですね。春野先輩は素晴らしい場所をたくさん知っているので、とっても参考になります！　怜佳ちゃん、見る？　先輩と一緒に撮った写真」

他愛のない会話をしながら市川さんの自宅を目指す。西園寺さんは病院に行くため、途中で別れなくてはいけないが。

西園寺さんによると、ストーカーに尾行されたのは彼女の家を特定しようとした時だけで、普段は市川さんが家に着くとストーカーもいなくなるそうだ。

興味を示さない理由が、すでに西園寺さんのことを把握しているからなのか、市川さんと同じ女性だからなのかはわからない。

「チューリップを見たり、菜の花を見たり、なんだかデートみたいなことをしているのね」

「なっ！　私と春野先輩はそんなんじゃあないよ！　春野先輩は善意で案内してくれ

ているんだから！」

「あはは。でも、俺と一緒に帰っているのを見て、学校の皆には誤解されちゃうかもしれないね」

「春野先輩の言う通りで、もうクラスの皆は麻友のことを不思議に思っていますよ。『麻友ちゃんは静かで大人しい子なのに、四月早々から三年生の先輩とお付き合いしているなんて、どんな手を使ったんだろう』って話が出ていますね」

「なにそれ！　初耳だよ、怜佳ちゃん！」

「そりゃそうよ。麻友がいない場所で話しているんですもの」

二人の会話を聞いて、大地が俺を気に掛けるのも当然だなと納得する。夏南を愛しているることを一番理解してくれているのは彼だ。それなのに、市川さんと毎日一緒にいるところを見たら怪訝にも思うだろう。

「もしかして、春野先輩も似たような噂が立ってたりしますか？」

「大地はなんか勘繰ってくるね」

「ああ、なんとなくわかります。伊勢谷先輩、そういう話好きそうです」

「春野先輩が相場さんと付き合っていたことを知っている人が見たら、余計に気になるでしょうね」

「あ、そっか。そうですよね。春野先輩には、なんだかご迷惑をたくさんお掛けしてますね。もう返しきれない恩がたくさんあります」

「恩だなんて大袈裟だな。俺は迷惑だなんて思ってないんだから気にしないでよ」

「そういうわけにはいきません！　一緒に帰るようになってからまだ三日しか経ってないなんて不思議なくらいですけど、それくらい密度が濃い時間を過ごせていますから、いつかお返しができたらいいなって思います」

やはり、市川さんはすごい。どうして今の状況で自分のことだけじゃなく他者を気遣えるのだろう？

「じゃあお返しを市川さんから貰うためにも、日常を取り戻せるように頑張らないとだね」

「そしたらきっと、皆笑えるようになりますよね」

「うん。そうだね。怖い思いをしないで笑って登下校ができるようになるはずさ」

市川さんの側にいる時だけじゃない。どんな時も笑えるようにならないと。そのためには、ストーカーの存在が邪魔なんだ。あいつがいる限り、いつまで経っても本当の笑顔は訪れない。

「もしストーカーがいない明日がきたら、自由にお出かけがしたいなぁ」

市川さんがぽつりと呟く。お買いものをしたり、友だちと遊んだり、旅行をしたり、高校生なら当たり前にできることを、彼女は制限されている。我慢してばかりの市川さんだからこそ、幸せに満ちた未来が訪れてほしい。

　ふと西園寺さんが立ち止まった。どうやら、一緒にいられるのはここまでのようだ。楽しい時間程終わりがくるのは早い。

「すみません。わたくしはこっちの道なので失礼しますね。春野先輩、麻友をよろしくお願いしますね」

「うん。こっちは俺に任せて。また明日学校でね」

「バイバイ、怜佳ちゃん」

　二人だけになった途端、俺たちを静寂が支配した。傘を打ちつける雨音がやけに大きく聞こえる。しんみりとした空気が流れる中、言葉を交わすことなくゆっくりと進んでいく。無言でも気まずいとは思わなかった。

　楽しかった時間を脳内で反芻(はんすう)しているんじゃないか。同じことを市川さんもしているような、そんな気がした。色が見えないから感情を知ることはできないけれど、俺が浮かべている色と市川さんの色は同じだと信じている。

　市川さんの家に到着するまであっという間だった。感情が変化しているストーカーが気になるが、これで今日のノルマもクリアだ。西園寺さんの携帯に、市川さんの家に到着した旨のメッセージを送って自宅を目指す。

　今日のストーカーはどういう動きをするだろうか？　俺の家を把握した以上、西園寺さんを尾行していた時と同じように、ついてこなくなるだろうか？

相手の動きが予測できない以上、油断はできない。市川さんと下校することには慣れてきたが、ストーカーの突き刺すような視線には慣れない。

市川さんの家を離れても、尾行は継続されるようだ。

やはり、西園寺さんは女性だからストーカーもそこまで警戒していないのだろう。夏南を刺した元彼と同様に、一緒にいる相手が男性だと警戒の色を強めるに違いない。

とすると、俺が市川さんと一緒に下校するのはあまり得策ではないのかもしれない。むしろ、ストーカーの感情をよくない方向へ煽ってしまっている恐れがある。なにか対応策を考えなくてはいけないな。

そう考えながら歩いているうちに自宅に着いた。ふと、ポストからなにか紙がはみ出していることに気が付く。紙を取り出して内容を確認すると、新聞を切り抜いて貼られた文字が文章を形成していた。

『市川麻友にこれ以上関わるな。さもないと彼女を殺すぞ』

ストーカーからの脅迫文に、血の気が引いていくのを感じた。

ストーカーからのメッセージ。はっきりと書かれた殺害予告。

夏南が倒れている映像が脳内を駆け巡る。

自室のベッドにうつ伏せになり、枕に顔を埋めた。不安と恐怖に苛まれて、本当にどうにかなってしまいそうだった。

「どうすればいいんだ。どうすれば市川さんを救える。夏南の時と同じ結末にはさせたくない！」

脅迫状を警察に見せたが、警戒すると言うだけで、解決に向けて動いてくれそうになかった。イタズラ程度にしか思っていないのかもしれない。やっぱり俺がどうにかするしかない。

俺が市川さんから離れたら本当にストーカーは手を出さなくなるのか？　ただじっと見ているだけで終わりにしてくれるのだろうか？

頭を掻きむしりながら必死に思考を巡らそうとするけれど、追い込まれた精神状態ではまともな考えができなくなっていた。

市川さんと下校するのをやめてみようか？　それで様子を見るのはどうだろう？いいや、ダメだ。俺が離れたところで、市川さんが安全になる確証はどこにもないんだ。俺を遠ざけることがこの手紙を寄越した目的だったら、むしろ相手の思う壺だ。

「ああああ‼」

ベッドに拳（こぶし）を何度も叩きつけながら、大声を上げる。そうでもしなければ、冷静ではいられない気がした。

結局答えを出せず、一睡もできないまま朝がやってきてしまった。日課であるラジオを聞く気にもなれず、登校の時間が迫る時計を見つめる。

ゆっくりと布団から抜け出す。階段を下りて、洗面所へと向かう。顔を洗い、髪を整え、登校の準備をする。パンを食べて、歯磨きをして、制服に着替えて家を出る。

悩みに支配されたまま、無理矢理体を動かす。

市川さんたちの教室へ出向き、廊下から二人の姿を捉える。しかし会話をする気分にはなれず、すぐに踵(きびす)を返して自分の教室へ向かった。

着席して、イヤホンを取り出す。とにかく今は誰とも関わりたくなかった。音楽を聴いてもまったく心は弾まなかったが、誰にも話しかけられることはなく、やがて授業が開始した。

「今日はいい天気だなぁ、律」

昼休み。屋上で寝転んで空を眺めていると、大地がやってきた。

「ああ、そうだな」

自分でも驚くくらい低い声だった。

「今日はどうして俺の所にきたんだよ、いつもは友だちとトランプとかしてるじゃん」

俺の真似をするように隣に寝転んだ大地に、質問を投げかける。

「別にいいだろ。たまにはこうしてのんびり会話がしたくなったんだよ」

「なんだよそれ、カップルかなにかか？」

「ははっ、本当になんとなくだよ。特に理由はないって」

昨日、一睡もしなかったからだろう。暖かい風と太陽の日射しが相まって眠たくなってくる。腕と足を広げて大の字で寝ながら、ふと市川さんのことを考える。こんなにも綺麗な青を彼女は見ることができないのかと思うと、悲しくなってきた。

「それでさ、モテモテの律君よ」

「モテモテ？　俺のどこにモテる要素があるんだよ」

「女子二人と一緒に帰っている姿を見せられたら、そう言いたくもなるだろ。素直な後輩と仲良く過ごすなんていい御身分だなぁ」

「別にそんなんじゃあないよ。俺たちに恋愛感情はないって」

「ふーん。よく断言できるな。西園寺ちゃんは、お前にあんまり興味を示さなそうだけど、市川ちゃんはわかんなくないか？　お前の絵に憧れてるって、あんなに言ってるんだぜ？　脈あるかもしんないじゃん」

「俺の絵に惹かれたのかもしれないけど、もう描けない俺になんて興味ないでしょ」

「もし本当に絵だけにしか興味がなかったら、こんなに毎日一緒にいないだろ。お前のことを好きか嫌いかで言ったら、確実に好きだろ」

「なんでお前がそんなに断言できるんだよ。つーかそんな話をするためにきたの？」

「いいじゃん、男子二人の熱い恋愛トーク。お前が相場ちゃんを射止めようと必死だった時は、こんな会話しかしてなかったように思うけど」

　ずっと仰向けなのも疲れてきて、大地に背を向けて寝返りを打つ。腕の上に頭を乗せながらぶっきらぼうに答える。

「本当に俺たちはそんなんじゃないんだって」

「ふーん。まぁ、たとえ市川ちゃんがお前のことを好きだったとしても、今のお前じゃあ百パーセント付き合わないだろうけどな」

「そうだな」

「……なぁ、青っていいよな」

「はぁ？　急になんの話だよ」

　脈絡がなさすぎて、思わず大地のほうを振り返ってしまう。

「空を見てると、優しい気持ちや嬉しい気持ちになれて、頑張ろうって思えるよな」

　きっと今、大地は黄色いモヤを浮かべていることから、白い歯が見えるくらい楽しそうに笑っているのだろう。鍛え上げられた腕を惜しみなく太陽へ向けて伸ばしている。

「本当になんの話だよ……お互い頑張ろうぜって話か？」

上半身だけを起こして、太陽を掴むかのように拳を握った大地を見つめる。

「昔のお前は、一瞬一瞬を本気で生きてた。どんな時だって全力だった。俺は前向きに頑張るお前をかっけーって思ってたんだぜ。多分そういうところを見て、相場ちゃんはお前を好きになったんだと思う。お前は『今』を本気で生きてるか？　相場ちゃんがすごいねって言ってくれる自分だって、胸張って言えるか？」

普段は軽い癖に、たまに真面目になるから困る。確かに俺はずっと過去に囚われていて、他人の心から逃げてばかりのかっこ悪い人間だ。反論したくても、唇を噛みしめることしかできない。

「最近のお前、思いつめた顔をよくしてるぜ？　ただでさえ暗くなったのに、さらに辛気臭い表情をしてるから救いがねぇ」

「ひどい言い草だな」

「本当になにがあったんだよ？　市川ちゃんたちと」

大地の顔に掛かっているモヤが赤色になっていた。視線が空からこちらに移ったのを感じる。

「前に言ったよな？　やばくなる前に言えって」

先程までとは違って、抑えつけたような低い声だった。ああ、俺は本当に馬鹿だ。

モヤの色が変わるまで大地が怒っていることにも気が付かないなんて。

「俺じゃお前の役には立てないのか？　お前の悩みを聞くことすらできないのか？　なんでずっと独りで抱え込んでんだ？　なんでずっと苦しそうな表情をしてんだよ」

立ち上がった大地が、俺を見下ろして言う。彼の責めるような口調に、俺は狼狽えてしまう。

「なぁ、俺たち一緒に馬鹿やったよな？　秘密基地を作ったり、廃墟みたいな場所に行って肝試ししたり、馬鹿なことたくさんしてきたよな？　俺とお前の仲は、その程度だったのかよ」

「中学校の頃からずっと一緒にいて、お前にならなんでも話せると思ってた。でも！　今回の件だけは、簡単に他人に言ってもいいようなもんじゃないんだよ！」

大地の熱意に当てられて、気が付けば立ち上がって叫んでいた。こんなにも大きな声を他人に発したのはいつぶりだろうか？

「じゃあ一人で悩んで解決できるのか？　お前が苦しめば変わるのか？　違うだろ。頼らなくちゃいけないことがあるなら、ちゃんと言えよ‼」

「夏南の時もお前に迷惑を掛けたのに、これ以上……」

殴られていた。言葉を言い終えるよりも先に、痛みが頬を伝っていた。

「なに一丁前に迷惑を掛けたくねぇとか言ってんだよ。俺にとってはな、親友が苦しんでいる姿を見せられ続けるほうが迷惑だ」

尻餅をついて殴られた頬をさすりながら、彼を睨む。

「言えよ」

俺の襟元を掴んで大地がすごむ。

くっそ、なんなんだよいったい。確かに俺は悩みを打ち明けなかった。でも、言えば信じてくれるのか？　心視症のことを言ったって信じてもらえないだろ。いや、俺のことはいい。市川さんのことだけでも話すべきだろうか。頭の中をいろいろな考えが回って、わけがわからなくなる。

「俺は……」

口を開こうとした時、チャイムが鳴り響いた。休み時間は終わりだ。大地が舌打ちをして、俺の前から去っていく。ジンジンと痛む頬を押さえながら顔を上げると、ぐちゃぐちゃな感情に支配された俺を嘲笑うみたいに、雲一つない青空が広がっていた。

今日は病院に行く予定がないらしく、市川さんと西園寺さんは写真部の活動が終わってから下校するそうだ。

図書室で勉強をして時間を潰そうと考えて、教科書とノートを広げてみたが、集中できそうになかった。白紙のままのノートを見ながら、市川さんたちと一緒に帰るべきか悩み続けていた。

「春野先輩、ほっぺたの怪我、大丈夫ですか？　切れてしまっているみたいですよ」

俺の隣に市川さんがやってきた。まさかの来訪者に目を丸くする。

「市川さん、部活は？」

「行っても行かなくてもいいので、こっちにきちゃいました。まだ見学期間中ですしね、怒られたりしませんよ」

「ダメだよ、ちゃんと行かないと」

俺の言葉を無視して、市川さんが隣に座る。椅子に掛けた鞄から絆創膏を取り出して、俺に渡そうとしてくる。

「赤くほっぺを腫らした、むすっとした表情の春野先輩を見かけて、なにかあったんだなって思いました。春野先輩は優しいから、怜佳ちゃんがいても部活が終わるまで待っててくれちゃいますよね？　今日はもう家に帰りましょう！」

「俺のことは気にせず楽しんできなよ。撮影してる時の市川さん、とっても楽しそうだし」

俺が受け取らないでいると、絆創膏のシールを剥がして、俺の頬に押し当ててきた。

「うわっ！」

「こういうのは素直に受け取ってください。変なところで意地っ張りなんですから。

今日の先輩はずっと怖い顔をしてます。なにがあったのかはわかりませんけど、私のせい……なんですよね？」

俺の頬を擦ってしっかりと貼れているかを確認した市川さんが悲しそうな表情で見つめてくる。大地だけじゃなく彼女にまで指摘されてしまうとは。

「そんなに俺って顔に出やすい？」

「そうですね。わかりやすいなぁって思うことはあります。私が初めて話しかけた時はめんどくさいって顔をしてましたし、私のことを心配してくれている時は焦ったり困ったりした顔をしてます。学校の外にいる時は、いつでも鋭い目をしています」

市川さんが俺のことを気に掛けていると言っていた大地の言葉は、本当だったみたいだ。

「良かったら話してくれませんか？　なにがあったのか。帰りながらでもいいですし、ここでもいいです。先輩にお任せしますよ」

優しい眼差しを向けてくれる市川さんから目を逸らして、窓の外に視線を向けながら、怒った大地の声を思い返した。

「今日、大地と喧嘩したんだ」

小声でぽつりと呟いた。

「伊勢谷先輩と？　仲の良いお二人が喧嘩なんてするんですね」

「市川さんのことでなにかあるって気付かれちゃってさ。そんなに悩んでいるのに、なんで相談してくれないんだって怒られた」

「優しいんですね、伊勢谷先輩。そっか……私のことだから黙っていてくれたんですね。ごめんなさい」

「いいんだよ、市川さんは悪くないんだから」

頭を下げられて、俺は慌てて手を振る。

「私のことで悩ませているんですから。私のせいです」

膝に手を乗せて頭を下げ続ける彼女に、なんて言葉を掛けたらいいのかわからなかった。

「あまり多くの人に事情を知られたくないのは確かです。関係ない人を巻き込みたくないですから。でも、春野先輩が本当に信頼できる人であれば、すべてを話してもいいです」

自分のことでいっぱいいっぱいになってもおかしくないのに、どうして彼女は俺のことまで気に掛けることができるんだろう。

「本当に話してもいいの？」

「もちろんです。それで先輩の悩みが解決するなら」

そろそろ頭を上げてほしかった。図書室にいる生徒たちが怪訝そうに見ているような気がするからだ。

「大地はさ、空手をやってるんだ。運動神経は抜群だし、観察力もあるし、もしも奴が変なことをしてきても勝てるかなって前々から思ってたんだ」

「そういえば空手が得意って言っていましたね。確かにそういう人がいてくれると心強いです」

ようやく顔を上げてくれた市川さんに安堵しながら、会話を続ける。

「本当に話していいんだね？　西園寺さんは協力する人が男子だとあまり嬉しくないみたいだけど」

「そうですね。本当は私もそうですが、春野先輩が信頼している人なら大丈夫です」

「前から思っていたけど、どうして俺をそこまで信頼できるんだい？　俺はごく普通の男子なのに」

「すみません。今は話せません。いつか、話せる時がきたら話します」

「わかったよ。その日を待ってる」

俺は筆記用具を鞄（かばん）にしまうと、両手をテーブルの上について立ち上がる。

「先輩？」

「そうと決まったらさっそく行動だ。俺はこれから大地の所に行ってくる。いつ奴が動き出すかわからない以上、ちんたらしてはいられない」

「ちょっ、ちょっと待ってください、春野先輩！」

　鞄（かばん）の持ち手を肩に掛けると、大股で図書室の出口を目指す。慌てながら俺の後ろを追ってきた市川さんに「心配してくれてありがとう。おかげで気が楽になったよ」という言葉を投げた。

　市川さんの返答も聞かず、勢いよく廊下を駆ける。運の良いことに俺を注意するような先生も生徒会役員もいなかった。剣道部、柔道部、空手部が使っている道場を目指す。

　大地に叱咤されて、市川さんに心配されて、ようやく自分の気持ちを整理することができた。

　脅迫状を見てからずっと、俺は市川さんから離れて楽な道に逃げようとしていた。万が一市川さんになにかあったら、今以上に苦しい思いをするのはわかり切っているのに、諦めようとしていたんだ。

「なにが正解かなんてわからない。俺がいないほうがストーカーを刺激せずに済むのかもしれない。でも、なにもしないで見ているだけなんて嫌なんだ。自分の手で市川さんの笑顔を守ると決めたんだ！」

　大地はどんな時でも俺を支えてくれる親友だ。そんな彼の心配も無視して、俺は一人で閉じこもっていた。誰の感情も見ないように目を逸らし続けていた。それじゃあ夏南を失ったあの頃と変わらない。同じ過ちを繰り返してなるものか。

体育館の裏手側に存在する道場に近付くと、気合の入った掛け声が聞こえてくる。入り口でスリッパに履き替えていると、ドスンという音と共に床が震え、パシンパシンという竹刀と竹刀がぶつかり合う音が耳に届いた。

その激しく大きな音に辟易しながらも、木造の扉を横に力強く開く。今回は怒りではなく、闘争に燃えている状態を表す朱色のモヤを浮かべる集団を見て大地を探していると、急な来訪者に驚いた生徒が二人こちらに駆け寄って声を掛けてきた。そしてすぐに大地を呼びに行ってくれたので、大地がこちらにくるまでそう時間はかからなかった。

白の胴着を身に纏う大地が奥のほうから現れた。全身から汗を流し、暑苦しいオーラを醸し出す姿を見て思わず唾を飲んでしまう。厳しい練習中でさえ黄色のモヤを浮かべており、心底人生を楽しんでいるようだ。

「なんだよ。俺、忙しいんだけど」

「わかってる。部活が終わった後、話があるんだけどいいか？　お前に相談したいことがある。俺の悩みを聞いてほしい」

俺は真っ直ぐに彼を見つめる。お互い無言のままいると、堪えきれなくなったのか「ぷすっ」と息を漏らし、大地が笑いはじめた。

「なはははは、なんだよその絆創膏」

「あ？　なんだよいきなり」

「だっておかしいんだもん。なんで葉っぱのキャラクターが描かれているんだよ！」

腹を抱えて俺の頬を指さしてくる彼にムカッとしながらも、「どうなんだよ？」と問いかける。

「それ、市川ちゃんの絆創膏か？　可愛いのをつけてんなぁ……あははは」

「どうなんだよ！」

なおも笑い続ける彼に腹を立てて大声を出すと、大地から笑いが消える。

「いいよ。話聞いてやる」

「ありがとう」

頷き合った俺たちは、それ以上はなにも言わなかった。俺に背を向けて奥へと戻っていく彼の背中がいつもより大きく感じられた。

呼びに行ってくれた生徒にお礼を言って外に出ると、市川さんと西園寺さんが道場の入口横にある電灯の下に立っていた。

「伊勢谷先輩とはお話しできましたか？」

「え、あ、うん。部活終わった後、市川さんのことを話すつもり」

「じゃあ私たちも伊勢谷先輩の部活が終わるまで待ちますよ」

西園寺さんは両肘を抱きながら貧乏ゆすりをしている。不安を示す緑が濃く現れていた。

「伊勢谷先輩は本当に信頼に値する方なんですか？」

「大丈夫。あいつはおちゃらけてて、軽く見えるところもあるけど、頼りになる奴だから」

「……わかりました。春野先輩の言葉を信じます。でも、もし麻友を悲しませたりしたら許しませんから」

西園寺さんの言葉に頷き、大地がやってくるのを待つことにした。


「あ、きたみたいですよ、春野先輩」

市川さんの言葉を聞いて道場のほうを見ると、ジャージ姿の大地がこちらに向かって歩いてきた。

「お、律だけじゃなくて市川ちゃんと西園寺ちゃんもいるんだ」

「ああ。俺の悩みは二人に関係することだからな」

市川さんが大地に近付いていく。

「今日はお時間をいただきありがとうございます。まずは私が事情をお話しします」

そこから市川さんはストーカーの被害に遭(あ)っていることや、西園寺さんが手の病気を患ってしまったため、俺が一緒に帰っていることを話した。そして、今度は俺がストーカーから手紙で脅迫を受けたことを伝えた。

「ストーカーは春野先輩を遠ざけたがっているようですわね」

「そうだね……。脅迫文はとっても怖いですが、私じゃなくて春野先輩の所に届けているのが気になります。私に直接見せたほうが効果ありそうなのに」

女子二人が顎（あご）に手を当てながら思考を巡らせている。この真剣な様子を見て、大地にも俺たちが直面している問題の難しさを感じ取ってもらえるだろうか。

「確かに、麻友を守る男の人が増えたほうがいいって言う春野先輩の考えもわかりますね」

「うん。ストーカーがどんどん良くない方向に向かっている気がするんだ。俺一人じゃあ市川さんを守れないかもしれない」

そこで俺は大地の方向を見つめて言った。

「だから、大地。俺たちに協力してほしいんだ」

「わかった。協力するわ」

大地は、悩む素振りも見せずに頷いた。

「ちょ、ちょっと大地。いくらなんでも即答すぎないか？　確かに俺は困っているけれど、お前にまで危険が及ぶかもしれないんだぞ？　よく考えてから返事をくれたっていいんだ」

「俺が迷っている間に、市川ちゃんが被害を受けたら意味ないだろ？　それに女子を泣かせるようなひどい野郎に、苦しめられっぱなしもムカつくじゃん？」

「わかった。大地がいいならもうなにも言わないよ。ありがとな」

「な～に、親友が困ってたら助けるのなんて当たり前だろ？」

「かっこつけてんじゃあねぇよ」

　協力してくれることにありがたいと思うと同時に、悩みを大地に話すことができたことで、胸中を支配していた不安が少しだけ晴れた。溜め込んでいた感情を他者に吐き出せるのは、とても心が楽になるものなんだな。

「春野先輩、私たちと帰っていただけなくなってしまうんですか？」

　俺と大地が笑い合っていると、市川さんが不安そうな表情を浮かべて言った。

「とりあえず今日は、大地と一緒に帰ってもらおうと思ってる」

「わたくしと麻友と伊勢谷先輩の三人で下校をするということですね？　春野先輩はその間、どうされるんですか？」

「うん。市川さんはストーカーが誰かわからないって言ってたよね？　犯人がわかれば、対処する方法が思いつくかもしれない。だから、あいつを尾行してやろうと思っているんだ！」

俺が初めてストーカーに追われた日を思い出す。相手の浮かべる色を記憶して、その色を頼りに暗くなってもどこにストーカーがいるのかを把握し続けた。

あの日からずっとストーカーの正体を突き止めたいと考えていた。相手の住所さえわかれば、市川さんとの関係も判明するかもしれないと思ったからだ。曖昧(あいまい)だった犯人像を明確なものにして、対抗策を練るのだ。

しかし、ストーカーを尾行するという作戦には一つだけ懸念があった。

二人を守る存在がいなくなってしまうことだ。

ストーカーの感情が良くない方向に変化している今、俺がいないと気が付けば恐ろしいことをしてくる可能性があった。だが、大地がいればその心配はいらない。むしろ、俺よりも頼れる護衛だ。

もうすでに日は沈み、街は暗闇に呑まれている。初めて大地が市川さんたちと下校をする今だからこそ、ストーカーの意表をつけるはずだ。やらない手はない。

結果から先に言えば、うまくいった。ストーカーには俺の存在を気付かれず、最後まで追うことができた。

今はすぐにスマホで住所を検索できる時代。位置情報から、相手の住所を割り出せた。玄関口のネームプレートを見て名字をスマホのメモ帳に記録する。これは大きな進展だ。

一つ不安があるとすれば、普段と違う男が市川さんと一緒にいたからか、ストーカーのモヤが黒へと変化したことだ。そんな色を見たことがない俺には、彼がどんな感情を胸に抱いているのか、言葉で表すことができなかった。


帰宅後、自室に移動した俺は、三人に作戦がうまくいったことを連絡した。スマホの画面に赤色の眼鏡のアイコンと、菜の花のアイコンと、ダンベルのアイコンが表示される。それぞれのアイコンから吹き出しが出現し、皆の気持ちが綴られていく。俺がさらに文字を打とうとした時、大地がテレビ通話で話そうぜと提案をしてきた。

大地の提案を受けて、夏南を描いた絵が画面に映らない位置に移動してテレビ通話を開始する。大地は既に切り替えていたようで、「よう」と話しかけてきた。彼と会話をしているうちに、市川さんと西園寺さんがテレビ通話に切り替わり、全員の顔が画面に映し出された。

和気藹々と語り合ううちに時間が過ぎていく。茶色を浮かべて落ち着いた様子の西園寺さんと黄色を浮かべて楽しんでいる大地を見て、胸を撫で下ろした。

「じゃあそろそろ律の作戦の成果を聞こうかね」

「本当は最初にそれを話すつもりだったんだ！　お前がくだらない話をするから報告

が遅くなったんだよ。そういうわけで、これから真剣に聞くように」

静かになったのを確認してから、今日確認してきたストーカーの名字を口にする。

「ストーカーは小峰（こみね）って名前みたい」

俺が報告をするや否や、市川さんが口元を押さえて驚愕の表情を浮かべた。彼女は瞬く間に青ざめ、胸を押さえる。

「麻友？　麻友！　大丈夫⁉」

西園寺さんが大声で問いかけるが、反応がない。俺と大地はどうしたらいいのかわからず、ただその様子を見ていることしかできなかった。

「ごめんなさい……私……今はもう話せそうにありません。ごめんなさい」

絞り出すような声で言った市川さんは、俺たちの返答を待たずに通話を切ってしまった。その後、皆で市川さんを心配するメッセージを送ったが、返信は一切なく、既読すらつかなかった。

その日を境に、市川さんが学校にこなくなった。

四月下旬。今週を乗り切ればゴールデンウイークに突入する。市川さんは先々週の水曜日から学校を休むようになり、今週になっても姿を現さなかった。今日でちょうど二週間。俺たちのメッセージにも反応してくれない。

俺は、GPS追跡アプリを起動したスマホの画面を見つめる。市川さんは休むようになってから、まったく家から出ていないようだった。

「……どうしよう」

昼休み。いつものように、俺は屋上にきていた。普段と違う点があるとすれば、頭を抱えた西園寺さんと、空を見上げる大地が隣にいることだ。

「なにもしないほうが良かったのかな」

「春野先輩のせいじゃないですよ。むしろあの子のためによく行動してくださっています。だからそんな顔をしないでください」

余裕がないからか、西園寺さんの声はいつもより鋭い。不安を示す緑色と悲しみの青色を行ったりきたりしているので、西園寺さんの顔が点滅しているみたいに見える。

「このまま市川ちゃんが学校にくるようになるのを待つか、市川ちゃんの家を尋ねてみるか。どっちかだな」

さすがの大地も今日は西園寺さんと同じ緑色だ。きっと眉間にしわを寄せて真剣な表情をしているに違いない。

「そうね。このままこないなら、アクションを起こすべきだと思います。でも……」

いろいろと思案している様子の西園寺さんを見ながら、俺も頭を動かす。

ストーカーの名前を聞いてあれ程反応するということは、市川さんが知っている人物なのだろう。

夏南を刺した犯人が元恋人だったように、市川さんにとって小峰は因縁がある相手なのかもしれない。

非情な現実がやってくるのはいつだって唐突だ。

俺たちの想像を容易く超えてきて、身構える暇も与えてはくれない。

事態の急変を報せるアラートが、全員のスマホから鳴り響く。ＧＰＳ追跡アプリには、スマホを振るだけで自分が危険な状態だということを報せる機能がついていた。

発信元は——市川さんのスマホだ。

「おい、市川ちゃんの現在位置は自宅なんだろ⁉　家に誰かほかの人はいないのか？」

「いないわよ！　麻友のお母さんは働いている時間だもの！」

「ってことは、もし小峰って奴が不法侵入していたら、守ってくれる人はいないってことか！」

「行こう大地！　市川さんの家に！」

「ああ！」

警察に連絡をするよう西園寺さんに伝えて、俺と大地は学校を飛び出した。時折スマホの画面をチェックするが、市川さんの位置情報は自宅のまま変わっていない。

『私、ずっと前から春野先輩を尊敬しているんです！　文化祭の時に、山の頂上から思ったんです！』

　初めて市川さんに出会った時を思い出す。彼女の顔が見える驚きと、絶え間なく続く絵に対する称賛の嵐に圧倒された。

『春野先輩、私の側にいてください。今日だけでいいんです。一緒に家まできてほしいんです。こんなお願いをできる人がいないんです』

　驚きはそれだけでは終わらず、ストーカーの被害に遭っていると知った。明るくて元気な性格だと思っていたけれど、相当無理していたのが今ならわかる。

　市川さんの自宅はそんなに遠くない。腕を振り、アスファルトを蹴飛ばし、がむしゃらに走る。気が付けば、あっという間に目的地に辿り着いていた。

　門塀の前から玄関を見ても特に変わった様子はない。門扉を軽く押してみると抵抗なく開いた。家の裏手に回ると、芝生の敷かれた細長い庭が広がっている。見たところ庭から家に入れそうなのは一枚の窓だけだ。鍵が付いている付近だけ割られており、誰かがこの窓から侵入したことは明らかだった。

『先輩！　私、笑顔が撮りたいです！　ストーカーが怖いって気持ちに負けないくらいの満開の笑顔が撮りたいんです！　楽しかった思い出がつまった写真があれば、明日も頑張れる気がするから』

勇気を奮い立たせて学校に通おうとする市川さんの強さに、感化されていく自分がいた。彼女の笑顔を守りたいと思うようになった。

散乱したガラス片を踏まないように注意をしながら俺たちも窓から家の中に入る。リビングは特に荒らされた形跡はない。問題は市川さんの部屋があるという二階だ。俺たちは足音を立てないことを意識して、慎重に階段を上がっていく。

やけに静かだった。この家だけ時間が止まっているみたいに音がしない。市川さんの部屋はすぐにわかった。開いたままのドアから光が廊下に漏れ、ものが床に散乱しているのが見える。

俺たちは意を決して中へと踏み込むと、ひどい現場が視界に飛び込んできた。市川さんが育てていたのであろう観葉植物が倒れ、ひびの入った鉢から土が零れている。部屋の中央に置かれたテーブルは倒れ、コップも倒れてジュースが床を濡らしていた。ふと、ベッドの上に置かれたサボテンのぬいぐるみが目に留まる。

『一緒に帰っていただいているだけでもありがたいのに、ぬいぐるみまで……先輩は優しすぎますよ。ありがとうございます』

震えを隠して無理に笑う市川さんが、そう言って自然な笑顔を見せてくれて、俺は嬉しかったんだ。

市川さんはいなかった。代わりに彼女のスマホがベッドの下に落ちていた。画面にはヒビが入っていたが、辛うじて使えるようだ。電源は入るし、タッチにも反応する。念のため、ほかの場所も調べたが市川さんの姿はない。ストーカーである小峰に連れ去られたとみて間違いないだろう。警察ではないので通常ならばこれでお手上げなのだが、俺は犯人の行く場所に心当たりがあった。

俺が小峰を尾行して突き止めた家。

そこにいるのではないか……いや、いてほしいという願望のもと、大地と再び動き出した。いつもなら疲弊して泣き言の一つでも吐いていそうなものだが、体は思っている以上に俺の言うことを聞いてくれた。

小峰の住所は皆のスマホに共有してあるし、俺たちの居場所はGPS追跡アプリでリアルタイムで伝わっているはずなので、西園寺さんなら警察に場所を伝えてくれるはずだ。

小峰の家が視界に入る距離まで近付いた。あの日は夜遅くだったので全貌は見えていなかったが、こんな今にも倒壊してしまいそうな家だとは思わなかった。カーテンはすべて閉じられており、中の様子を窺えない。市川さんがここにいるという確信が持てず、家の前で二の足を踏んだ。

「あっ！」

　すると、玄関の前にピンク色のペンギンのキーホルダーが転がっているのを見つけた。市川さんが西園寺さんに俺の鞄に付いているキーホルダーの色を聞いていたのを思い出す。そして市川さんが、夏南のと色違いだったんだと言っていたことも。俺はそれを拾い、胸元のポケットにしまった。

「大地、市川さんはここにいるよ。間違いない」

「わかった。腹を括って突撃しよう。ここから先は一蓮托生だ」

「ああ、行こう」

　玄関の引き戸はガタついていたが、力を入れると簡単に開いた。窓に貼られた黒いガムテープによって、家の中には光がまったく入らない。天井には蜘蛛の巣が張り、床や壁など至る所に穴が開いている。

　壁や柱などに市川さんを盗撮したと思われる写真が何十枚も貼られていた。

「おいおい、なんだよこれは……趣味が悪いってレベルじゃないだろ」

　大地がそう呟いたが、それに反応する余裕はなかった。俺の病は人の顔前に感情がモヤとなって現れるものだったはずだ。それなのに、市川さんを盗撮したと思われる写真すべてから小峰の……映っていない人間の感情が流れ込んできて、気持ちが悪くなってくる。

「大丈夫か？」

「はぁっ……はぁっ……ああ。大丈夫だ」

目をつぶり、頭を左右に振って意識を切り替える。こんな所で立ち止まるわけにはいかない。俺はなんのためにここにきたんだ。

奥へと進もうと一歩踏みしめるたびに床が軋む。奈落の底に落ちていくかのように、歩けば歩く程暗さが増していく。

「ここか」

俺たちの目の前に扉が現れ、この先に小峰がいることを予感させる。この扉を開けば、もう後には引けない。失敗の許されない戦いに身を投じることになる。

『こういうのは素直に受け取ってください。変なところで意地っ張りなんですから』

市川さんに貼ってもらった絆創膏。彼女の優しさに触れ、悩みを大地に打ち明ける決意ができた。

俺は心視症で、他人の顔が見えない苦しみをずっと味わってきた。だからこそ、市川さんの笑顔はとても貴重なものになった。

『はいっ！　喜んで！』

俺が撮影してほしいと頼んだ時に見せてくれた市川さんの笑顔こそ、俺が一番見たかったものだ。

一年前のあの日、俺が失ったのは夏南の命だけじゃない。毎日を楽しもうとする気持ちや、友だちや絵と向き合う勇気、そしてなにより笑顔を失くしてしまった。

どうやったら自然体で笑えるのか、どうやったら夏南の笑顔を思い出せるのか、今も明確な答えはわからないままだ。

ここで俺がストーカーと向き合わなければ、市川さんの笑顔まで失ってしまう。もうこれ以上、日常から笑顔が消えてしまうような悲しい事件は起きてほしくない。

なぁ、夏南。俺、忘れてしまった笑顔を取り戻すために、市川さんを助けに行くよ。

――頑張れ、りっくん。

最愛の人の声が聞こえた気がした。

「「行くぞ‼」」

俺と大地は特に示し合わせたわけでもなかったが、ほぼ同じタイミングで扉を蹴り飛ばしていた。

埃が舞う中、激しい足音を響かせながら内部へと突撃する。最初に俺たちが目にしたのは、暗闇の中でうっすらと浮かび上がるストーカーの後ろ姿だった。

「こいつが……小峰か」

顔の周りに浮かんでいる黒いモヤから、そう確信する。

「どうしてここがわかった……」

俺たちが市川さんと一緒にいた生徒だとわかったのだろう、そう言って小峰が立ち上がり、俺たちと対峙する。その表情はわからないが、突き刺すような視線を痛い程感じる。緊張しているからか、小峰が巨人のように大きく見えた。

「勝手に家に上がり込んできて、ただで済むと思うなよ！」

俺たちは一定の距離を保って相手の出方を窺っていた。交錯する両者の視線。永遠かに思える程、長い間静止しているような錯覚に陥る。

実際には一分に満たない短い時間だっただろう。俺が動き出そうと足に力をこめた時、部屋の一番奥に誰かが倒れていると気付いた。

「市川さん！」

目が慣れ、部屋の全容が明らかになったことで、市川さんの存在に気が付くことができた。

「んー、んー！」

パジャマ姿の市川さんは、上着のボタンをすべて外されて下着を切られていた。そのせいで、上半身が露わになっていた。口はガムテープで塞がれ、声を出すことができないようだ。さらに手首と足首を縄で縛られ、逃げられないようにされている。

「テメェッ‼」

市川さんの傷付いた姿を見た時、腹の底から怒号を発していた。相手が身構えるよりも先に渾身の力で蹴りを放つ。

「があっ！」

小峰の脇腹を足が直撃し、横にあったタンスのほうへと蹴り飛ばす。相手は腐っても男。痛みを与えることはできたが、そう簡単にやられてはくれないようだった。

「お前等はっ！　俺の麻友ちゃんと一緒に帰っていた奴等だな！」

俺に蹴られてすぐに、小峰が唾を飛ばしながら殴りかかってきた。

頭を下げて避けようとするが、相手の動きのほうが速かった。

右頬に小峰の拳を受けて、先程入ってきた扉の近くまで突き飛ばされてしまう。

「律っ‼」

俺が殴られたことに驚いた大地が、俺の名前を叫んだ。

ジンジンと頬が痛むけれど、動けなくなってしまう程のダメージじゃない。壁に手をつきながら、すぐに立ち上がってみせる。

「大丈夫だよ」

「俺の？　市川ちゃんはお前のじゃねぇーよっ！」

真っ黒なモヤを放出させる小峰に赤色のモヤになった大地が吼えた。大地が走り出すのがわかり、俺も遅れて床を蹴って小峰に近付いていく。

扉を蹴破った時と同様に示し合わせたわけではなかったが、俺と大地は左右から飛びかかっていた。どんなに相手が手練れであろうとも、二人で繰り出すすべての攻撃を回避することなど不可能。ここで小峰を叩いて、市川さんを助けられる状態に持ち込むんだ。

「なんで人生はうまくいかないんだ‼　最期くらいいい思いをしたっていいじゃないか。とことん邪魔しやがって‼　せっかくこれからじっくりと麻友ちゃんを味わおうと思ったのに‼」

「本当にお前等はっ！」

小峰の言葉に対して怒りが湧くのと同時に、俺の脳内を答えの出ない疑問が駆け巡る。

どうしてこんな奴が生きている？

どうして罪のない人が苦しまなくちゃならない？

こんな世界、間違っている‼

「イカれたお前等みたいなのがいるから、夏南も市川さんも悲しい思いをするんだ。許さねぇ、許さないぞ！」

俺の蹴りが、大地の拳が、否応なく小峰に注がれる。片方を防ごうとすれば片方が疎かになる。息の合った連携は、確実に相手の防御を崩していた。

「くそ、くそっ！　俺だって憎いんだよ‼　あいつの息子じゃなければ、俺はもっと幸せになれたんだ。あいつのせいで人生が狂ったんだ。もう軌道修正はできない。もう俺の人生は、堕ちるところまで堕ちたんだよっ！」

小峰が吼える。俺たちの攻撃を受けて傷付いているはずなのに、彼の中にある感情は衰える気配がない。それどころかいっそう禍々しさを増しているように見える。

「なにを言ってやがる……？」

「律、こんな奴の戯言に耳を貸すな！　とっとと倒すんだ！」

不意に小峰の振るう力が大きくなった。反応することもできず、張り手を受けてしまう。

「くっ‼」

「麻友ちゃん、俺と一緒に死んでくれるよね……？　麻友ちゃん、俺と一つになろうよ。そうすればきっと幸せだよ。嫌なこと全部、忘れられるよ」

小峰の醸し出す黒色がどんどん濃くなっていく。暗闇とは違う闇が眼前で渦巻いている。執念とでも呼べばいいのだろうか？　こんなにもおぞましい色は未だかつて見たことがない。

あまりの醜悪さに、尻ごみをしてしまいそうになる。一瞬でも気を抜いてしまえば、全身が強張って動けなくなってしまうだろう。

「もうお前が市川さんに触れることはねぇよ！」

それでも俺は、腹の底から叫んでいた。

絶対に守るんだ。絶対に命を奪わせはしない。笑い合える明日を皆で迎えるんだ。陽だまりの中にいるような未来を進みたい。誰か一人でも大切な人が欠けたらダメだ。全員生還。俺の目指す勝利はそれしかない。

「お前等はいいよなぁ……仲間がいて、家族がいて、幸せな毎日を生きているんだろぉ？　だったら、ちょっとくらい俺にもその幸せを分けてくれたっていいじゃないか！」

小峰は身長が高いだけでなく、腕や脚が長いので、反撃されてしまうことが何度もあった。さらに、こちらにとっては初めて入る場所だが、向こうにとっては慣れ親しんだ家だ。どこになにが置かれているのかを熟知している。

「お前がどうして市川さん狙うのかはこの際どうでもいい。なにを企んでいようとも、ここで俺たちがお前を止めるっ！」

――俺は、夏南を守れなかった罪を償う機会をずっと探していた。

探し続けた先で、市川さんを守ることが償いに繋がるのだと思うようになった。

最初はそんな利己的な思考で接していたはずなのに、いつしか市川さん自身の笑顔を守りたいという気持ちに変わっていた。未だに夏南への未練と贖罪の気持ちを抱えたままだけど、俺の生きる意味は償いだけではなくなった。俺のためだけじゃない。皆のために笑顔を取り戻したいと思うようになった。

「しつこいんだよ！　お前等っ！　これならどうだ！」

　小峰が叫びながら取り出したのは、ストロボが取りつけられたカメラだった。彼がボタンを押した刹那（せつな）、暗闇の世界にフラッシュがたかれる。あまりの眩しさに俺は目を細め、大地は目を瞑ってしまう。

　それこそが小峰の狙い。時間が経過し、暗闇に目が慣れたタイミングで発光させることで、俺たちの連携に隙を作ったのだ。

　たった一つ小峰に誤算があったとすれば、対峙する相手が心視症に罹（かか）っていたこと。どれだけ周囲が明るかろうとも暗かろうとも、モヤの見え方は変わらない。眩（まばゆ）い光の中でも、モヤは見える。

　空手を習っていて戦闘能力が高い大地を先に倒そうと考えたのだろう。真っ黒なモヤが、真っ赤なモヤへ近付いていく……

　ずっと現実から目を逸らしてきた。

　他者の感情を見ないようにして生きてきた。

　でも、そんな弱い自分にさよならをしたい。これからはちゃんと見たいんだ。心を。

　だから、どんなに世界が眩しくたって、お前のその真っ黒な感情から目を離してやるもんか。もう、誰も苦しませない。皆の笑顔を奪わせたりしない。

　悪夢を経験するのは、一度で充分だろ。だから、動け。動けよ。俺の体。

「させるかぁぁぁぁ！！！」

俺は無我夢中で動いていた。なにが最善の行動かなんてわからない。

大地と小峰の前に体を滑りこませるように割って入った。

「うっ……！」

痛みが胸元に走る。今まで感じたことのない痛みが、苦しみが、全身を駆け巡っていく。

何度か瞬きすると、光で潰されていた目が見えるようになった。俺の胸には、小峰が持つナイフが刺さっていた。

小峰はナイフで大地を刺そうとしたが、俺が間に入ったことで身代わりとなった。刺されたままだったが、俺は小峰の腕を掴んで放さなかった。

「放せ、この野郎！」

この程度の痛みで音を上げるわけにはいかない。だってそうだろ？　夏南はもっと苦しかったはずだ。夏南の苦しみを思えば、こんなもんかすり傷だ。

「こいつは俺が押さえておく！　だからやれっ！　大地！」

「さすがだぜ、律！」

小峰の顎(あご)に、大地の渾身の力をこめた一撃がめり込んでいく。殴り飛ばされた小峰はテーブルに頭をぶつけて意識を失った。

「はぁ……はぁ……やったぜ」

万感の思いがこみ上げた。

ようやく。ようやくだ。やっと、これで日常が戻るんだ。

ずるずると座り込んで、市川さんの縄を解いている大地を見やる。口元のガムテープを剥がされた市川さんが、俺の名前を叫んだ。

力が入らない。今すぐ彼女の元に行きたいと思うのに、視界が歪んでいく。遠のいていく意識の中、サイレンが耳に響いていた。

「夏南。俺やったよ。やり遂げたよ。だから、俺に笑顔を見せてくれよ。なぁ、夏南……」

駆け寄ってきた市川さんを見たのを最後に、意識が飛んだ。


夏南の笑い声が聞こえる。

暖かい日差しに照らされて、桜の花びらが舞う中、彼女に手を引かれ歩いていたのを覚えている。

親子や、老夫婦、たくさんの人が集う近所の公園は、花見に最適なスポットだった。

レジャーシートと弁当が入った鞄（かばん）を腕に掛け、腰まで伸びる長い髪を揺らしながら、彼女はなにかを話していた。

どんな会話をしていたのかは忘れてしまったが、春らしい陽気につられて有頂天になり、いつもより口数が多かったように思う。新しく買ったばかりのシューズの履き心地も、ふんわりと包み込むような夏南の優しい手の感触も、鼻孔をくすぐる桜の甘い香りも、すべてが愛おしい思い出だ。

冬の冷たさと春の暖かさが混ざったような風が、ふといたずらを思いついたみたいに、花びらを夏南の頭に落とした。俺はそれを手に取って夏南に見せると、目を細めてうっとりとした表情を浮かべる……はずなのだ。

ちょっとした出来事であったとしても喜び、楽しみ、夏南は誰にも負けないような笑顔を咲かせるのだ。『笑う』という事実は覚えているのに、『笑う顔』を思い出せない。

どうしても彼女の顔が見たくて手を伸ばす。もう少しで頬に手の平が触れるという距離まで近付いた時、唐突に夢が終わりを告げた。

視界いっぱいに広がる黒い斑点模様。白い天井を埋め尽くすかのような柄を見つめながら、ゆっくりと視線を左に動かしていくと、ピッ、ピッ、ピッと一定の間隔で音を鳴らす心電図のモニターが目に入った。次に目を右横へと移動させれば、白いカーテンと大きな窓が確認できた。それだけの情報を手に入れれば、自ずと自分がどこにいるのか見当もつく。

ベッドの横に置かれた丸椅子に、病院で貸し出されるパジャマを着た市川さんが座っていた。

「市川さん……」

上半身を起こして市川さんの姿をまじまじと見つめる。無事だ。市川さんは生きている。夢じゃない。

「春野先輩。目が覚めたんですね。小峰から救い出すことができたんだ！

部屋を出ようと椅子から立ち上がりかけた彼女を抱きしめていた。すぐに皆を呼びに行きますね」

「良かった……良かった……市川さんが無事で本当に良かった！」

「せ、先輩!?」

素っ頓狂な声を上げる市川さん。俺は腕に力をこめて必死に彼女の体温を感じていた。視界が滲む。涙がとめどなく溢れてくる。

「夏南の時みたいに失ってしまうんじゃないかって、怖かった。生きていてくれてありがとう」

「お礼を言うのは私のほうです。助けていただいてありがとうございます。あと、メッセージに返事をしなくてごめんなさい。私が家に引き籠ったり連絡を無視したりしなければ、先輩たちが傷付かないで済んだはずです。本当にごめんなさい」

涙を流しているのは俺だけじゃない。腕の中で市川さんが肩を震わせていた。

「いいんだ。市川さんが無事でいてくれたなら、いいんだよ」

最初は戸惑っていた市川さんも、俺の背中に腕を回してくれた。しばらくの間、二人で一緒に涙を流した。腕の力を緩めて抱擁（ほうよう）から解放すると、頬が真っ赤になるのを感じた。今さらだけど、勢い余って俺はとんでもないことをしてしまったんじゃないか？

「い、いきなりごめん。びっくりさせちゃったよね」

「確かに驚きましたけど嬉しかったです。春野先輩の優しさが染みました！」

恥ずかしくて彼女の顔を見ることができなかった。心臓の鼓動がうるさい。次の言葉が思い浮かばなくて、しどろもどろになる。

「こ、今度こそ皆さんを呼んできますね。交代で春野先輩が目覚めるのを待っていたんです」

「そ、そうだったんだ」

ちらりと市川さんの顔を盗み見ると、彼女の頬もリンゴのように赤く染まっていた。

俺に背中を向けて、病室の扉を開けて足早に出て行ってしまう。市川さんが戻ってきた時には、俺の両親や担任の先生、大地や西園寺さんが一緒になって現れた。

さらに、医師と看護師もいるようだ。看護師に現在の状態を聞かれたり、医師から触診を受けたりした。

動くと少し痛みを感じるが、現状は問題ないことがわかったのか、両親と話を少しした後、医師と看護師が病室を出ていった。

「だいたいの話は彼女たちから聞いたよ。律、市川さんを救うために頑張ったそうだな」

「父さん……」

父親が低い声音で話しかけてきた。いつもの優しい口調ではなく淡々とした話し方で、気丈に振る舞っているのだとわかった。きっと、思い詰めた顔で俺を見下ろしているに違いない。父親に肩を抱かれてハンカチを握りしめる母親は、震える声で俺の名を繰り返し呼んだ。相当心配を掛けたのが伝わってきて、申し訳なくなる。こんな時、どんな顔をして話したら良いのだろう。

「よく頑張ったと褒めたい気持ちもあるが、父さんと母さんは律のことを大事に思っている。できることなら危険な目に遭う前に相談をしてほしかった。それに律は目が……」

そこまで言って、父親は口をつぐむ。人の感情が色となって見えることを知っているのは両親だけだからだ。思わず口走ってしまったのだろう。

皆、不安を表す緑を発している。皆が同じ色を纏っていても、病室に入ってきた人が誰だかわかったのは、何度も接してきた面々だからだろう。

「ごめんなさい。自分たちでやり遂げなきゃって頭がいっぱいになっていたんだ」

「いいんだ。責めたいんじゃない。律は一人で抱え込む癖があるからな。もっと周囲に頼っていいんだってことを知ってほしかったんだ」

俺は父親の言葉を受け、大地のほうへ視線を動かした。あいつにも似たようなことを言われた。大地に屋上で殴られなければ、きっと一人でどうにかしようとしていただろう。小峰に勝てず、市川さんを守れず、罪を償えないまま死んでいたかもしれない。

「大地、お前は大丈夫か？　怪我はしてないか？」

「ああ。俺は唾でもつけておけば治る軽い怪我だよ。けど、お前のほうは危なかったぜ。胸のポケットにキーホルダーを入れてただろ？　あれがナイフの軌道をずらしたことで、奇跡的に重傷にならずに済んだんだとよ」

「ああ、あれが」

あの時の俺は大地の盾になることしか考えていなかった。今思えば、なんとも危ない賭けに出たものである。

「夏南ちゃんが亡くなって、遺品整理で私が貰ったものだったんです」

市川さんがベッドの柵を握りしめながら呟く。

「小峰に手首を縛られて、口を塞がれてなにもできないでいた私が唯一持っていたものが、あのキーホルダーだったので、玄関を通る直前にわざと落としたんです。もしかしたら先輩たちが気付いてくれるんじゃないかって、一縷(いちる)の望みを託して」

あれは本当に助かった。キーホルダーが落ちていなかったら、突入する覚悟が持てなかったかもしれない。

「それで結局、小峰はどうなったの？」

「大丈夫です。ちゃんと逮捕されましたよ。春野先輩を刺したことや麻友を誘拐したこともですが、小峰の家にあった盗撮写真でストーカーをしていたことも証明できそうです。」

西園寺さんの説明を受けて安堵する。俺たちがやってきたことは無駄ではなかったのだ。

「春野、美術部を辞めてからずっとお前は塞ぎ込んでいたよな。絵を描けなくなったお前を馬鹿にするような人はどこにもいない。犯人を逮捕まで追い込んだのは立派だ。先生も誇らしく思う。でも、ここまでのことを成し遂げないと誰も認めてくれないと思うのは間違っているぞ」

部活を辞めて以来、担任であり美術部の顧問でもある先生と深く話す機会がなかった。生徒のことを大事に思って接してくれる先生なのはわかっていたのに、諦めてしまった負い目から向き合うことができずにいた。

それでもなお、こうして俺のことを考えて言葉を伝えてくれる。先生の懐の広さに、感謝をしてもしきれない。

「悩みを打ち明ける相手は私じゃなくてもいい。でも、君のお父様が先程言ったように一人で抱え込もうとするのはダメだ。ちゃんと頼ることを覚えなさい。そして自分を責めることもやめなさい」

俺はずっと夏南を守れなかった自分を責めてきた。この咎を死ぬまで背負っていくのだと本気で思っていた。

「律。俺たちが笑える未来にはお前が必要なんだよ。誰か一人でも欠けちゃダメなんだよ。自分が犠牲になって解決できればいいなんて思うのは間違ってるぜ」

「春野先輩がこんなに頑張ってしまったのは、わたくしのせいかもしれませんね。男性を嫌っている発言ばかりしていましたし、麻友に近付こうとする人は無条件で遠ざけようとしていました。わたくしに認められるようにと必要以上に頑張ってしまったんじゃないですか？　ごめんなさい。もっと早く先輩方を信頼していれば、こんなことにはならなかったかもしれません」

ここにいる皆が俺に気持ちのすべてを曝け出してくれる。小峰に刺された胸は痛むままだし、自責の念がなくなったわけでもない。ただわかったことが一つだけある。

俺には頼れる人がたくさんいるということだ。

「俺のことを心配してくれた皆には感謝しかないです。ありがとうございます」

皆の顔を覆うモヤがピンク色へと変化していく。心が通じ合い、愛情が芽生えていく。気が付けば、再び涙が止めどなく溢れていた。

「あ、あれ……？　なんで俺、泣いているんだろう」

「なぁ、律。もう一人になるのなんてやめようぜ。下を向きながら歩いたり、屋上で一人、飯を食べたりするのなんてやめちまえ。また一緒に馬鹿やろうぜ。帰ってこいよ。相場ちゃんを救えなかった自分は幸せになっちゃいけないとか、どうせそんなことを考えていたんだろ？　お前は馬鹿だから、一度そう思うとそのまんまだからな」

「うるせー、俺よりテストの順位が下の奴に言われたくねーよ、馬鹿」

強がろうとしても、声は震えたままだ。どれだけ涙を止めようとしても溢れ続けている。結局、俺は罪を償うことができたのだろうか？　きっとその答えをくれる者はどこにもいない。ならばせめて今だけは、市川さんを救えたことを喜び、支えてくれた皆の優しさに浸りたい。

「話したいことはたくさんあるけれど、続きはまた今度にしよう。律、ゆっくり休むんだよ」

「春野の無事を確認できたし、先生は退室するよ。元気になった姿を学校で見られる日を楽しみにしているぞ」

両親が俺の頭を撫でて、先生が声を掛けながら肩に手を置いて病室から去っていく。

病室に残ったのはいつものメンバーだ。

「春野先輩、伊勢谷先輩、怜佳ちゃん。改めて、私のためにありがとうございました。そして、ごめんなさい。小峰の名前がわかった時、すぐに関係をお伝えしなければいけませんでした。なにも伝えられなくて申し訳ありませんでした」

とても長い時間、市川さんは頭を下げていた。

「気にしなくていいよ。辛いことは無理に話さなくていいんだ。俺と律は、市川ちゃんがストーカー被害に苦しんでいるってことがわかってりゃあ、協力する理由としては充分だったんだからさ」

「それでも、申し訳ないです……。先輩たち、私の過去を聞いていただいてもいいですか？　確かに思い出すだけでも辛いのですが、ご迷惑をお掛けしたお二人には知ってほしいんです」

そう言って右耳に髪を掛けた市川さんは、やけに真剣な表情をしていた。

西園寺さんはそんな市川さんの左隣に移動すると、市川さんの左手を握りしめた。

昔の話をしようとしている市川さんを心配しているようだ。

「小峰の話をするには、まずお父さんが生きていた頃……小学生の頃の話をしなければいけませんね」

　市川さんは、小学校に入りたての頃はとても明るい性格をしていたという。両親の愛情を一身に受けて育ち、毎日外で友だちと遊んでいた。

「私が観葉植物を好きになったきっかけはお父さんなんです」

　観葉植物に向かって毎日声援を送っている、ちょっと変わったお父さんの話を、市川さんは楽しそうに語った。

「今思えば、お父さんが成長の過程をカメラで記録していたのが、写真を好きになるきっかけだったのかもしれません。よくお父さんが言ってました。『変わり映えのないように思える毎日でも、一つとして同じ日はない。だから一瞬一瞬を大切に切り取るんだ』って。だから、その時にしかない輝きを描く春野先輩の絵に感銘を受けたのだと思います」

　屋上で大地に言われた『昔のお前は一瞬一瞬を本気で生きていた』というセリフが脳裏を過った。

「優しくてかっこいい姿に憧れを抱くくらい、お父さんが好きだったんです。だから、小学四年生の時、車に轢かれてそのまま亡くなってしまって呆然としました」

　重たい空気の中、俺と大地は黙って彼女の話に耳を傾ける。

「あの頃の麻友は本当に痛々しくて見てられなかったわ。家に籠るようになったり、お父様の似顔絵を何枚も描くようになったりするんですもの」

それまでの市川さんなら外で遊んでいるはずの時間に、友だちの誘いを断ってクレヨンで絵を描くようになったという。

それから二年が経ち、父親を失った傷が癒えて立ち直りはじめた頃、二度目の転機が訪れる。

「私のお母さんが再婚したんです。相手の名前は矢部武史といいます。初めて会った時から、私は矢部のことを全然信用できませんでした。最初の一年は良い人のフリをしていましたけど、中学生になって、胸の膨らみがわかるようになると、とてもいやらしい目で見てくるようになったんです。お母さんに相談しても、貴方の成長を喜んでいるだけだと楽観的な言葉が返ってくるだけでした」

矢部の名前を聞いた瞬間、西園寺さんが市川さんの手を強く握りしめていた。彼女の顔に掛かる真っ赤なモヤが、怒りを伝えてくる。彼となにかあったのだな、と思った。

「悩みを真剣に聞いてくれたのは、怜佳ちゃんだけでした。矢部と二人きりにならないといけない時は、一時間おきに怜佳ちゃんへメッセージを送る約束をしていました。たまに休日でもお母さんは出勤することがあったので、そういう時は自室に籠るか、夏南ちゃんの家に遊びに行っていました」

不意に出た夏南の名前に思わずピクリと反応してしまう。そんな俺を見て市川さんはくすりと微笑んだ。

「あいつは最低な男よ！　だってだって、あいつは……」

思わず出た自分の大声に自分で驚いたのだろう。西園寺さんが口を手で押さえた。

「ありがとう、怜佳ちゃん。私のために怒ってくれて。今はもう大丈夫だから」

「麻友……」

繋いだ西園寺さんの手を包み込むように、市川さんが右手を重ねる。

「続きを話しますね。お母さんが仕事に行ったある日、いつもと同じように自室に籠ろうとしました。でも矢部に腕を掴まれて、押し倒されてしまったんです。メッセージがこないことを心配した怜佳ちゃんがすぐに駆けつけてくれたので、なんとか無事で済みました」

「矢部が麻友を襲おうとしたあの光景は、今でも忘れられないわ」

「なっ！」

「市川ちゃんにそんなことが……」

あまりの事実に言葉が出なかった。たびたび、西園寺さんが男性を警戒していたことにようやく合点がいった。

「その後、警察の人が調べてくれて、矢部について真相が明らかになったんです」

矢部は、市川さんのお母さんと結婚する前に妻と子供がいたが、彼女たちに暴力を振るってばかりいたせいで、離婚していた。

「世界から色が消えたのはその日の夜でした。過度のストレスが原因だそうです」

あっさりと告げられた市川さんの真実。色覚異常になった背景の重さに、どう言葉を掛けたら良いのかわからない。

「色覚異常だけじゃない！　人前で肌を露出するのを嫌うようになって、プールの授業を欠席するようになった！　愛想笑いばかりするようになって、本心を見せなくなった！　あいつのせいで、麻友はずっと無理してばかり」

西園寺さんの言葉を聞いてハッとする。今まで俺は市川さんが寒がりだから、タイツを穿いているのだと思っていた。実際はそんな理由ではなかったのだ。

「その矢部って奴のせいで市川ちゃんが色覚異常になってしまったのはわかった。でも、小峰とはどう繋がってくるんだい？」

「先程もお伝えした通り、矢部はお母さんと結婚する前に、別の人と結婚していました。その人との間に生まれたのが小峰なんです」

「なるほどな」

小峰と相対した時のことを思い出す。彼は「あいつの息子じゃなければ」という発言をしていた。もしかしたら父である矢部のことを恨んでいたのかもしれない。彼がどうして市川さんをストーキングするようになったのかは、警察によって解明されていくのだろう。

「皆さん、話を聞いてくれてありがとうございました」

「こっちこそ、いろいろと話をしてくれてありがとな」

頭を下げる市川さんに大地が優しく返す。そんな大地に微笑みを向けた後、西園寺さんと俺を順に見つめていく市川さん。いつもよりだいぶ和やかな雰囲気を醸し出してはいるが、未だに彼女の顔には緊張が窺える。どうしたのだろうか。

「あのっ、私、春野先輩にお話ししたいことがあるんです。すみませんが、怜佳ちゃん、伊勢谷先輩。少しだけ二人きりにしていただけませんか？」

市川さんの言葉にびっくりする。俺に話したいことってなんだろうか。すると、大地と西園寺さんがほぼ同じタイミングで立ち上がった。

「わかった。ほぼ言いたいことは言えたしな。ここらでお暇させてもらうわ」

「そうですね。帰りましょうか」

先に動いたのは大地だ。彼の後を追うように、西園寺さんも歩き出す。

「暇があったら、また見舞いにきてやるよ」

「春野先輩、ゆっくり休んでくださいね。お疲れ様でした」

二人はそう言って病室を出ていった。扉が閉まる音が大きく聞こえる程、病室は静寂に包まれた。俺も市川さんも一言も発しないまま、時間だけが過ぎていく。

やがて意を決した様子の市川さんが、姿勢を正してこちらを見つめてきた。真っ直ぐな瞳に射貫かれて、緊張が高まっていく。

「あの……どうして春野先輩を頼ったのかをずっと話していませんでしたよね。やっとお伝えする決心がつきました」

「う、うん」

「春野先輩は覚えていますか？　私と初めて会った時のこと」

「え？」

葬式の時に市川さんの顔だけが見えたことや、市川さんが教室を訪ねてきた時のことは、昨日のことのように覚えている。でも、わざわざ質問するということは、もっと前に会ったことがあるのかもしれない。

「夏南の葬式の時のことじゃないんだよね？」

「はい。夏南ちゃんがまだ生きていた頃に会ったことがあるんです」

「ごめん。思い出せそうにないや。それっていつ頃なのかな？」

「私が色覚異常になってすぐの頃でした。ショッピングモールの本屋さんで小説を探していたところ、二人の男性にナンパされたんです。恐くて震えていると、春野先輩と伊勢谷先輩が助けてくれたんですよ」

「ごめん。やっぱり、話を聞いても思い出せそうにないや」

「いいんですよ。ほんの一言か二言、会話をしただけでしたし」

そういえば大地が、市川さんをずっと前にどこかで見た気がするって言っていたな。大地の記憶は正しかったわけだ。

「もう会うことはないんだろうなって思っていたんです。だからまさか、夏南ちゃんが自慢してきた彼氏が、ナンパから助けてくれた人だとは思いませんでしたよ」

夏南が市川さんに見せたという写真。そこには、多くの友だちがいた頃の俺が写っていたらしい。串焼きを持ちながら、俺が大地と肩を組んでいた写真だという。

「私は思わずハッとしました。あの時の救世主はこの人たちだったんだと」

そういえば、数人の男女でバーベキューをしたことがあったな。俺たちの学校の男子と夏南の学校の女子が集まってパーティーを開いたんだ。今では考えられないくらい当時の俺ははっちゃけていたんだな。

「夏南ちゃんから春野先輩のことをいろいろと聞いていたから、入学したばかりの私が迷わずに春野先輩を頼ることができたんです。夏南ちゃんは、春野先輩のおっちょこちょいなところ、可愛いところ、たまにかっこいいところ、いろいろと語ってくれました」

「なんか気になる言い方だなぁ……あまり俺の株が上がる話をしてないんじゃない？」

「そんなことないですよ。怜佳ちゃんは私から男の人を遠ざけることで守ろうとしてくれましたけど、夏南ちゃんは逆で、世の中には良い男の人もいるよってことを伝えてくれました。だから、春野先輩のいいところをちゃんと話してもらっていますよ」

彼氏としてちゃんとやれているか不安だったけれど、そんな風に思う必要もなかったのかもしれない。

「春野先輩が見ず知らずの私を助けてくれたから、夏南ちゃんの話を素直に受け止めることができたんだと思います」

「そっか」

自分のしたことが救いになっていた。こんな嬉しいことはない。

夏南が亡くなってから、昔のことを思い返すのが苦痛になっていた。今とはかけ離れた当時の自分が、遠い存在のように感じることも少なくなかったから。

けれど、市川さんが勇気を出すきっかけに俺がなっていたと知れたことで、好意的に受け止めることができる気がした。

「私が春野先輩を頼った理由、納得していただけましたか？」

「うん」

「春野先輩、本当に今までありがとうございました。そろそろ私も病室に戻りますね。怪我とか特にないんですけど、いちおう検査入院ってことで一泊しなくちゃいけないみたいなので」

「うん。わかった。お疲れ様」

　俺の言葉に頷いて市川さんがパイプ椅子から立ち上がり、扉へと歩いていく。取っ手を掴んで扉を開くと、市川さんが振り向いてふにゃっとした笑顔を見せてくれた。

「春野先輩にはずっと前から助けられてばかりですね。先輩に助けてもらった分、今度は私が先輩を助けますからね！」

　その笑顔がとても可愛いものだから、ついつい見惚れてしまう。

「俺を助ける？　それってどういう……」

　俺が聞くより先に市川さんはお辞儀をして出ていってしまった。扉が閉められ、静寂が訪れる。

「終わったんだな」

　ベッドに倒れて天井を見つめる。

　高校生活最後の年。感情が追いつかないくらい驚きの出来事が、怒涛のように押し寄せてくる毎日だった。

　市川さんと出会い、ストーカーから彼女の笑顔を守り通すと誓った。その過程で、西園寺さんや大地にも全力で挑まなくてはならなかった。

　夏南の死後、他者とは曖昧な関係性しか築けなかった俺が、他人の笑顔が見たいと考えて、他者とぶつかる。そんなことをする未来が待っているなんて、当時の俺は想像だにしなかった。

市川さんの本当の笑顔が見たいという気持ちは、今も同じだ。犯人を捕らえることができたからといって、すぐに本心を出せるようになるわけじゃない。強姦未遂に終わっているとはいえ、市川さんは多大な心労を重ねている。そう簡単に心の傷は癒えないだろうし、彼女の屈託のない笑顔を見れるようになるまでは時間がかかるだろう。

市川さんの笑顔を、夏南の笑顔を、俺の笑顔を取り戻せるように、これからを楽しんで生きていこう。自然に笑えるようになった時が、本当の俺たちの勝利だ。

とりあえず今は、さっき見せてくれた市川さんの笑顔を収穫にしようと思う。

医師によって全治一ヶ月と診断され、一ヶ月間入院生活をしなくてはいけなくなってしまい、あっという間に五月の下旬になってしまった。

ほぼ毎日、誰かしらはお見舞いにきてくれた。あまり話さないクラスメイトがきた時はどう接すればいいかわからなかったが、傷の心配をしてくれたり、励ましの言葉をくれたりしたので、これから仲良くできそうだと思えた。

今まで他人と関わらないようにしていたけれど、そんなことをする必要なんてなかったのかもしれない。

入院中に市川さんの母親とも話す機会があった。不安を示す緑色のモヤや、悲しみを示す青色のモヤを浮かべながらしきりに頭を下げられた。自分のせいでこんな大事になってしまったのだと、ひどく己を責めていた。

　また、市川さんの母親から小峰に関する新たな情報を教えてもらった。彼がどうして市川さんをストーキングし、誘拐するに至ったのかを明かしてくれた。

　小峰武雄（たけお）、二十八歳。一人暮らし。彼の母親は矢部武史との離婚後、病気で命を落とした。亡くなった母親に代わって、営んでいた洋服屋を小峰が継ぐことになった。継いだ直後は問題なく経営できていたが、矢部が市川さんを強姦しようとした噂が広まり、店に足を運ぶ客が減少し、やがて倒産してしまう。借金だけが残り、彼は路頭に迷うことになった。

　しかし噂の影響か再就職できる会社もなく、時間だけが過ぎた。希望をなくし、失意のどん底に落ちた彼は、矢部が襲おうとした相手がどんな人なのかを見たいと思い、市川さんの自宅に足を運ぶようになった。

　自身と同じように矢部によって人生を狂わされた市川さんに、最初は同情の念を抱いていたが、やがて市川さんを自分のものにしたいと思うようになった。

　盗撮をする毎日が続き、働かないために貯金は徐々に少なくなっていく。それでも彼は市川さんへ歪んだ愛情を注ぎ続けた。そんな折、市川さんが同じ学校の男子と下校している姿を目撃する。そう、俺である。

俺を見た日から、小峰の感情は嫉妬や憎悪に支配されていった。市川さんへ向けていた愛情は増し、遠くから見ているだけでは満足できなくなってしまった。社会にもう馴染めないという絶望。努力をしても無駄だという諦め。減っていく貯金。さまざまな要因が重なり、将来を捨てた小峰は無敵の人になった。

結果、市川さんを誘拐し、犯し、共に死のうという考えに至った。その後は俺たちが知っている通りだ。

犯罪をするような人の心理はわからないし、理解したくもない。ただただこんな理不尽な理由で尊い命が奪われる出来事だけは、起きてはならないと強く思う。

結局、小峰が書いた脅迫の手紙は、俺と市川さんを離れ離れにするための嘘でしかなかった。俺が関わるのを止めようとも、小峰は行動を変える気はさらさらなかったのだから。最後まで市川さんに関わり続けた俺の勝ち、というわけだ。


退院後、俺が真っ先に取りかかったのは絵に向き合うことだった。しかし勢いがあったのは、描きかけの絵の前に腰を下ろしたところまでだった。どれだけ意気込んでも、夏南の顔を思い出せず、見ることができないのではどうしようもない。

「ちくしょう……」

ようやく絵と向き合う決心がついたのに、心視症から解放されない限り完成させることはできないのだ。暖かい日射しも、綺麗な桜も、夏南の手の柔らかさも、全部覚えているのに、肝心な顔だけはモヤが掛かったまま。

「どうすればいいいんだよ」

無力感に苛まれる。

答えが出ないまま夜が明け、久々の登校日がやってきた。

これまでとは違い、朝の行動に少し変化が生まれていた。心視症を患って以来敬遠していたテレビを見るようになった。父親の早い出社時刻に合わせて起きることを心がけ、家族三人で朝食の時間を過ごすようにもなった。

ただ、市川さんが無事に登校できているか気になってしまうのだけは、相変わらずだった。

ほかの生徒より早い時間に学校に着いた。教室で会話をしている市川さんと西園寺さんを見つけて安堵する。心配ならメッセージを送れば済む話なのだが、どうしても自身の目で確認したかった。

朝の過ごし方以外に、変わったことがある。目を合わせず会話をしてしまう癖を治したいと思い、相手を見ることを意識するようになったことだ。

顔が見える市川さんと話すのは、相手の目を見て話す練習になる。今まで以上に彼女と向き合おうと決意していた。それに、これからは夏南と重ねるのではなく、市川さん自身を見つめていきたい。

「そっか。やっぱり市川さんのお母さん、責任を感じているんだ」

「はい。お母さんが気に病む必要なんてないのに『私のせいで麻友に悲惨な運命を歩ませてしまった』って言っているんです」

小峰が引き起こした事件の余波は残っている。直接的な被害に遭っていない者も苦しんでいた。

「もしわたくしが麻友のお母さんの立場だったら、同じように責任を感じるでしょうね。自分が選んだ二人目の夫とその息子が、可愛い我が子の心に傷を負わせたんですもの」

「私はお母さんに笑ってほしいな。ちゃんと前を向いて歩けるようになったって証明できたら、安心してくれるのかな」

俯いて悲しそうな表情を浮かべる市川さんを見ながら、彼女たち母子の状況を考える。矢部の強姦未遂事件後、たった一人で市川さんを支えてきた彼女の母親。毎日夜遅くまで働いて、生活費を稼いできたはずだ。

仕事に追われ、娘と向き合う時間がとれていない中、小峰による誘拐事件が発生。

市川さんに外傷は殆どなかったとはいえ、報告を受けた時の苦しみは想像するに余りある。

「俺も未だに夏南の死を引きずっているし、市川さんのお母さんもそう簡単には自分を許せないんじゃないかな」

「私はお母さんのせいだなんて一度も思ったことないのに……毎日ごめんねって謝られても反応に困るだけです」

「これぱっかりはもう、これから幸せになる姿を見せるしかないわ」

「幸せ、か。なんだか難しいね」

事件が解決すれば自然と笑えるようになると思っていたけれど、それは間違いだったみたいだ。結局、俺たちを蝕む憂いが簡単になくなることはなかった。

「春野先輩、傷はもう大丈夫なんですか？」

ピンク色のモヤを浮かべている西園寺さんが、明るい口調で話題を変えた。

「うん。もう痛みは感じなくなったよ」

「そうですか。良かったです」

俺の返事を聞いた市川さんが安堵の表情を浮かべる。

夏南と水族館でデートをしなかったら、ペンギンのキーホルダーを手に入れることもなかったし、市川さんがそれを持っていなかったら、俺はここにいないかもしれない。改めて考えると、俺は奇妙な縁が繋いだ奇跡の上で生きている。

昼休みの過ごし方も変化した。今までは屋上で昼食をとっていたが、食堂でとるようになった。あの事件と入院を経て、学校に戻ったら大地やほかの同級生と共に過ごそうと決意したのだ。

「へぇ〜、お前は専門学校に行くのか」

「そうそう。プログラミングの知識はそこそこあるからさ、それを活かしたくてね」

輪に入ってみると、話題は進路についてだった。軽い話をして談笑しながら食事をするのかと思っていたので少し驚いたが、確かにそろそろ卒業後のことを考えなければならない時期だ。

「そういえば伊勢谷はどうするんだ？」

専門学校に行く目標を語っていた同級生が、大地に質問を投げかける。中学からの仲なのに、大地がなにに興味を持っているのかまったく知らないことに気が付いた。

「体力に自信があるし、建築の仕事でもやろうかなと思ってる。ずっと座っているより、動いているほうが性に合ってる気がするからよ」

「なるほどな、確かに伊勢谷らしい選択だな」

「そういえば律はどうするつもりなんだ？」

「まだ全然決まっていないんだ」

「春野はストーカーを捕まえるのに頑張ってたし、進路に気が回らないのも仕方ねぇよ」

「ありがとう。これからいろいろと考えてみるよ」

大地はいつものことだが、ほかの男子生徒たちも黄色のモヤを浮かべている。皆、前向きに過ごしているのだ。このままでいいのかという焦りが、ほんの少しだけ芽生えた。

「ふぅ〜、食べ終わったし、そろそろ教室に戻るか」

「だな。午後の授業ってなんだっけ？」

「化学だな」

「捜したぞ、春野。少し話をしたいんだが、今大丈夫か？　すぐ終わる」

食堂を出て廊下を歩いていると、茶色のモヤを浮かべた担任が前方からやってきた。

「大丈夫ですよ」

「律、先行ってるぞ〜」

「おう」

大地たちに手を振って、担任に向き直る。

「話とはなんでしょうか？」

「ああ。春野は今も絵は描けそうにないか？」

唐突に絵の話題を出され、心臓がトクンと跳ねるのを感じた。

「どうして急にそんな話を……？」

「春野は美術部の誰よりも描くことに情熱を持っていた。それなのに、このまま終わってしまうのはもったいないと思ってな。もし良かったら、美術部に戻ってこないか？」

担任の申し出に、さぁっと血の気が引いていくのを感じた。夏南の顔を思い出すことができなくなり、絵を描くことにまったく集中できなくなってしまった当時の記憶が蘇ってきたからだ。

「な、なにを言っているんですか。辞めた人間が今さらのこのこと戻ったって、部員の皆が良い顔しないでしょう？」

「中には納得できない部員もいるかもしれない。けれど、最近のお前は美術部を辞めた時とは全然違う顔をしている。今の春野なら、描くことができるんじゃないかと思うんだ」

「無理なんです。描けないままなんです」

自分の出した声が、掠れていた。途端に自分が惨めに思えてきて、今すぐこの場から逃げ出したくなる。

「そうか。無理にとは言わない。だが、少しでも描きたくなったら言ってくれ」

「ありがとうございます」

　担任に頭を下げながら、俺は拳に力をこめていた。部活に戻りたいか戻りたくないかで言えば、戻りたい。未完成の絵を描き切って美術部で展示できたら、笑って高校生活を終わりにできる気がするから。

　市川さんのこと、将来のこと、絵が描けないこと。悩みは尽きない。

　モヤモヤとした感情を抱えたまま授業が進んでいく。あっという間に一日の授業は終わり、部活の時間がやってきた。

　ふとスマホを見ると、市川さんからメッセージが届いていた。校門にきてくれませんか、という言葉を見て、自分の席から勢いよく立ち上がる。一緒に帰る約束などはしていなかったはずだが、なにかあったのだろうか。

　足早に校門に向かうと、両手で鞄を持った市川さんの姿が目に入る。初めて彼女に話しかけられた日も、彼女はこうして俺を待っていたな、と思いながら近付く。

「市川さん、どうしたの？」

「急にすみません。もうストーカーはいないってわかっているんですけど、どうしても恐怖が消えなくて先輩をお呼びしてしまいました」

「あれ？　西園寺さんは？」

「怜佳ちゃんは病院に行くために先に帰りました」

「わかった。じゃあ一緒に帰ろうか」

俺がそう言うと、太陽のように明るい笑顔になった市川さんが、「はいっ！」と元気よく頷いた。


いつからだろう、物事を複雑に捉えるようになってしまったのは。

常に雑念がわき、余計なことまで考えるようになってしまった。そんな自分に嫌気がさしたから、絵を描きはじめた。

瞬間を切り取り、人や風景を忠実に再現することで、色眼鏡で見ることなく物事と向き合える気がした。

やがて、絵に輝きが加わるようになった。それは着色して鮮やかになることを指すのではなく、心が宿ることを意味する。

実際の風景をもとにして描いているのに、絵のほうが明るく見えるような気がした。

忠実に再現することだけを目標にしていた初期とは、まったく違うものになっていく。

絵への向き合い方も、表現の仕方も、なにもかもが変わった。

俺は絵を通して世界と触れていた。余計な思考はなく、ありのままの姿で世界を見ていた。描くことが好きという気持ちは、夏南と出会ってからもっと加速する。

「春野先輩は美術部には戻らないんですか？」

道端に咲いている紫陽花や自転車を漕いでいる子供たちをスマホで撮影しながら歩いていた市川さんが、俺の気持ちを見透かしたかのように質問を投げかけてきた。

「えっ、どうして急に俺の話に？」

「私が言うのはおかしいかもしれませんが、これからは自分のことを考えて過ごしてほしいと思ったんです。春野先輩が絵を描きたくなければ、今の言葉は忘れてください。でも、少しでも思い残したことがあるのなら、もう一度絵を描いてほしいです」

　市川さんの真剣な瞳が俺を射貫く。彼女の真っ直ぐさに耐えきれなくて、つい目を逸らしてしまった。

「オススメのスポットを案内してくれた時の春野先輩は、とても優しい表情をしていました。夏南ちゃんとの思い出がつまっている場所だから、というのが大きな理由なのかもしれません。でも、それだけではないと思うんです。とても素晴らしい景色だからこそ、教えてくれたんですよね？」

「……そうだね。市川さんの言う通りだよ。本当に綺麗だなって思ったから案内したんだ」

「夏南ちゃんが亡くなったことで、春野先輩は絵に対して後ろ向きになっている気がするんです。でも、絵を描きはじめた時の純粋な気持ちを思い出したら、考え方が変わるような……そんな気がするんです」

確かに市川さんの言う通りだ。罪とか罰とか後悔とか、俺はいつも後ろ向きなことばかりを考えていた。自分が幸せになることを、諦めてさえいた。彼女の意見は正しいのかもしれない。でも、これは俺が背負い続けなければいけないものだ。

「春野先輩が絵を描くことを頑張ろうって思ったきっかけはなんだったんですか？」

「そうだな。うまくなりたいって本気で思うようになったのは、夏南と出会った頃だったと思う」

遠くの空を見上げて、俺の中にある夏南との記憶を呼び起こしていく。

時は、俺が高校に入学したばかりの頃まで遡る。

朝、大地と登校していると、俺たちが歩いている道の反対側の歩道を、長い髪をなびかせながら、夏南がゆっくりと歩いていた。

「一目惚れだった。制服を見て、お嬢様学校の生徒だってすぐにわかった。あまりにも綺麗でさ、立ち止まってじっと見続けてしまった」

白のセーラー服に、ネイビーのリボンとスカート。制服姿の夏南はとても可愛らしくて、ときめいたのを覚えている。

俺と市川さんは誰もいない公園に移動し、自動販売機で買ったコーラを持ちながら、ブランコに腰を下ろした。

「他校の生徒とも交流があった大地は、すぐに夏南だと気が付いたらしい。しかも、俺が夏南に惚れたことまで気付いたんだよ。鋭い奴だよな」

　少しずつ空がオレンジ色へと変化していく。歩道にある街灯が、ぽつぽつ灯りはじめた。

「その日から、夏南に会いたくて毎日同じ時間に家を出るようになったんだ。なかなか話しかける勇気が出なくて、ただ見ていることしかできなかったんだけどね」

　苦笑を浮かべながら語ると、市川さんが優しく微笑んでくれた。

　彼女は時折相槌を打ちながら、熱心に耳を傾けてくれていた。

「普通なら話したこともない相手に見られていたら怪訝そうにするだろうけど、夏南は俺ににっこりと笑顔を返してくれたんだ」

　コーラを飲みながら、過去を語る。淡々と話している風を装っていたが、内心では夏南の笑顔を思い出すことができない歯痒さを感じていた。

「少し恥ずかしい話なんだけどさ、笑顔を向けられた途端、逃げるようにその場から退散したんだ。しかもその時に、ハンカチを落としちゃったんだ」

　幸せな過去だからこそ、その時の楽しい気持ちを思い出すと、それがもう二度と手に入らないのだと実感してしまう。夏南の笑顔を思い出すことができないのに、どうやって希望を見出せばいいのか、わからなかった。

「学校に着いてからハンカチを失くしたことに気付いてさ、帰りに捜したけど見つからなかったんだ。次の日もいつもと同じ時間に通学路を歩いてると、汚れ一つない状態で綺麗に折りたたまれたハンカチを夏南が手渡してくれたんだ」

そう、びっくりして固まる俺に、夏南は「君、いつも私のこと見てるよね?」って笑いながら尋ねてくるんだ。

その笑みを脳は再生してくれない。こんな風に惨めな気持ちになるくらいなら、思い出は引き出しにしまっておいたほうがいい。

「……」

スマホをじっと見つめながら、市川さんは黙っていた。なにを考えているのだろう。

「話が脱線するけれど、市川さんが汗をかいている俺にハンカチを渡してくれた時は嬉しかったよ。やっぱり従姉妹なんだなって実感した」

目を丸くした市川さんは、どうしてか悲しそうな顔をした。それも数秒のことで、すぐに曖昧（あいまい）な笑みを浮かべた。彼女の表情から感情を推察することはできない。ただ、なにかに戸惑い、それを見せまいとしていることは伝わってくる。

「夏南ちゃんからハンカチを貰った後はどうなったんですか?」

スマホを両手で持ちながら、親指同士をくっつけては離す彼女の挙動を気にしながら、続きを語る。

「俺は隠しても仕方がないと思って、好きになってしまったこと、友だちになりたいことを伝えたんだ。噛みまくってたけど、夏南が頷いてくれて良かったよ」

「先輩の誠実さが伝わったんですね。きっと」

「そうかな。そうだといいな。大地の知り合いに夏南の友だちが数人いたからさ、その日を境に男女混合のグループができあがったんだ。夏南の友だちも大地みたいに明るくて面倒見がいい子が多くてさ、女子慣れしてない俺にいろいろと気を遣ってくれたよ。とにかく夏南に俺を知ってほしくて、会うたびにいろいろと話しかけてたな。とはいえ、趣味の絵くらいしか自信満々に語れることがなかったから、それについてばっかり喋ってた」

毎日をエンジョイしていたあの頃。すべてがうまくいっていた。友だちは多かったし、頭を抱えてしまうような悩みなんてなかった。あるとすれば、今度着ていく服はどんなのがいいかなとか、どこに遊びに行こうかなとか、そんな簡単な内容ばかりで。

「夏南ちゃんへの告白はどんな感じだったんですか？」

「そうだね。あまりロマンチックじゃなかったと思う。二人だけで遊びにいきたいってことを伝えた時、本当は海でも見に行こうと思っていたんだ。でも、夏南は俺が絵を描くところが見たいって言うから、向日葵(ひまわり)畑に連れていったんだ」

「わっ！　いい場所ですね！」

「そう言ってくれると嬉しいよ。絵の完成まで何時間もかかるし、場所も変化しないし、集中しているから会話も少ない。つまんなくないのかなって思ってたから。とにかく、夏南はニコニコしながらずっと俺を見ているんだ。どこがそんなにいいのかわからないけど、とっても嬉しそうだった。彼女の笑顔が無性に嬉しくて、絵が完成して夏南に見せた後に『こんな俺ですけど、付き合ってくれませんか？』って告白したんだ」

「ロマンチックじゃないですか。そこから先輩は、夏南ちゃんと一緒に歩くようになったんですね」

どうして俺が食堂に飾られている向日葵（ひまわり）の絵を気に入っていたのか、ようやくわかった。俺と夏南の始まりを象徴するような花だったからだ。

「ああ、そうか。だから、あの絵を贈ろうって思ったんだ……」

桜舞う公園で、俺と手を繋いで微笑む夏南を、その笑顔を、その一瞬を、キャンバスに閉じ込めたかった。

忘れたくなかったのに、どうして忘れてしまったのだろう。君に見せたかった。完成した絵を見て、喜んでほしかった。

「もっと夏南の笑顔が見たいから、絵をうまくなろうと決意したんだ」

「苦しいですよね。でも、これで少しは思い出せたんじゃないですか？　頑張ろうって思った純粋な気持ち！」

勢いよくブランコから立ち上がった市川さんが、胸元に左手を当てて見つめてくる。

「先輩！　一緒に夏南ちゃんのお墓参り、行きませんか？」

市川さんが、衝撃的な言葉を発した。


六月二十六日。相場夏南がこの世を去った日。あれから一年が経つ。ついこの間まで桜が舞っていたのに、木々は緑に変わり、肌にまとわりつくような空気を風が運んでいた。自宅から自転車を漕いで三十分程の距離にある寺にやってきていた。

門の前に自転車を置き、砂利の上を歩いていく。青色やピンク色の紫陽花が彩る道を進むと仏堂が見えてきた。建物から少し横へ視線を移動させると、数多くの墓が並んでいる。

寺にくるまでは太陽の日射しが暑いと感じていたが、境内にはケヤキがいくつも植えられているので、涼しく感じた。

これまで墓参りもできなかったが、一年の時を経てようやくここに訪れることができた。でも、一人ではくることができなかったかもしれない。

白色のつば広帽子を被り、紺色のサロペットスカートを着た市川さんを見つめる。彼女は紫色のスターチスと白色の百合を、俺はピンク色のマーガレットと白色のカーネーションを抱えている。

「市川さんのおかげでここにこられたよ。ずっと逃げてばかりだったんだ。墓を見てしまったら、夏南の死が確定してしまうような気がして」

「私はなにもしていませんよ。ここにくるのを決めたのは先輩です」

「でも、きっかけをくれたのは市川さんだよ。ありがとうね」

俺が言葉を伝えると、市川さんが頬を赤くして俯いてしまった。

「春野先輩って自分の気持ちを伝えることに躊躇しない人ですよね。急に感謝されるから、どう受け止めたらいいのかわからなくてびっくりします」

「変なことを言ったつもりはないんだけどなぁ」

市川さんに案内してもらえたおかげで、墓の前に着くことができた。

相場家之墓と書かれた墓石を見つけて立ち尽くす。

わかっていた。もう夏南がこの世にいないことなど。それなのに涙が頬を伝っていた。

「先輩……」

目頭を熱くさせた市川さんに背中をさすられ、涙を拭う。

「ごめん。大丈夫」

彼女に頷きを返し、深呼吸をして意識を整えた後、花立てに花を添える。目をつぶり、手を合わせて、お祈りをする。

伝えたいことはたくさんある。夏南がいなくなってからの一年間を事細かに教えたかった。ずっと塞ぎ込んでいたこと。夏南の顔を思い出せないこと。心視症を患ったこと。市川さんと出会ったこと。ストーカーと戦ったこと。なにもかも全部、君に言いたい。

どれだけ綺麗に想いを紡ごうとしても、こみ上げてくる涙のせいで纏まらない。だから、ただ一言。愛していると心の内で叫んだ。

青い空の下、俺たちは夏南へ思いの丈を伝えた。合掌を終え、目を開け、市川さんを見ると、とても穏やかな顔をしていた。目を細めた市川さんが、小さく微笑んでいる。

「今までのことを夏南ちゃんに報告しました。返事があったわけじゃないですけど、届いたような気がします。なので、今は心が晴れやかです。墓参りにきたのに、笑顔なんておかしいですよね」

「いや、気持ちはわかるよ。俺もずっと墓参りにいけないことが引っかかっていたんだ。それが解消されて心が軽いからさ」

「そうですか。春野先輩を誘って良かったです。でも、まだ終わりじゃないですよ」

「え？　どういうこと？」

市川さんが俺の疑問に答えるより先に、目の前に現れた人物の声を聞いて、市川さんの言葉の意味を理解した。

「お久しぶりね。私のこと覚えているかしら、春野君」

「もちろんですよ、夏南さんのお母さん」

喪服姿で現れた夏南の母親は紙袋を持っていた。ピンク色のモヤを浮かべていることから、俺を嫌っているわけではなさそうだ。安堵をしつつ、平静を装って会話を続ける。

「春野君が家にきた時以来かしら。なんだかあっという間ね」

「そうですね。葬式の時も……葬式が終わってからもずっと……顔を合わせることができなくて申し訳ありませんでした」

「いいのよ。心の整理をつけるの大変だったでしょう。街でお買いものをしている時に何度か春野君を見かけたのだけど、いつも悲しそうな表情だったから心配していたのよ」

「そうだったんですか」

おっとりとした口調と優しい雰囲気で、俺を包み込むように接してくれる夏南の母親。あの頃となにも変わっていない。

「私と春野先輩が入院していた時も、伯母さん、病院にきてくれていたんですよ」

初耳だ。市川さんと夏南は従姉妹だからきていてもおかしくはない。

「私が春野君に会ってしまうと、いらない気を使わせちゃう気がしてね。会えなかったの。ううん。違うわね。そんなのは言い訳にすぎないわ。私も春野君と同じで、どう会えばいいのかわからなかったの。傷付いた貴方を癒してあげたいけれど、私の言葉ではどれも気休めになってしまう気がして」

「じゃあ、どうして今日は会っていただけたんですか？」

「それは私が頼んだからです。伯母さんがお見舞いにきてくれた日に、『もし春野先輩が私と一緒にお墓参りに行ったら会ってくれませんか？』って」

「市川さんが……？」

驚愕に目を見開きながら、市川さんを見つめる。真剣な表情をしていた。

「夏南ちゃんを守れなかったことを責めている先輩を見ていられなかったから」

「え？」

市川さんに自分の罪を告白したことは一度もない。それなのに、言い当てられたことに驚きを隠せない。動揺する俺に夏南の母親が話しかけてくる。

「麻友ちゃんから聞いたわ。春野君の勇姿を。ストーカーから守るために頑張ってくれたそうね。でも、夏南を守れなかった負い目からくる行動なら間違っているわ」

気が付けば、夏南の母親はピンク色と赤色のモヤを混在させていた。

「ねぇ、春野君。貴方は夏南といて楽しくないと思う日ってあったかしら？」

「いえ、一度もなかったです。とっても幸せな毎日でした」

「なら、春野君が責任を感じる必要なんてないわよ」

「で、でもっ！　俺が幸せでも、夏南が楽しんでいたかはわからないです！　俺が一人でそう思っているだけかもしれませんよ」

「本当にそう思うの？　あの子はいつも笑っていたはずよ。少なくとも私の記憶にある夏南は、春野君とのデートを毎回楽しかったって言っていたわよ？」

アルバムの写真を漁っていた記憶が脳裏を過る。夏南と一緒に撮った写真は、すべてピンク色のモヤを浮かべていた。

「夏南が死んでしまったのは私も悲しいし、なかなか立ち直れなかったわ。でも、あの子はきっと最後まで幸せだったと思うの」

夏南の母親が、俺の手を掴む。

「春野君は自分を責めなくていいの。むしろ誇っていいくらい。ずっと夏南のことを想っていてくれてありがとう。こんなにも愛してくれてありがとう。だから、前を向きましょう？　あの子のことを忘れてほしいわけじゃないけれど、ずっと抱えていてほしいわけでもないのよ」

「でも……でも……」

何度も思った。夏南をデートに誘わなければって。夏南と付き合わなければって。

後悔ばかりして自分を追い込んだ。

わかっていたはずなんだ。夏南が俺を責めるはずないってこと。それでも、心視症が写し出す結果を無視して、責められるべきだと思い込んでいた。

「春野先輩、自分を責めたくなる気持ちはわかります。先輩が苦しんでいることで、周りにいる私たちも苦しくなっちゃうんですよ？　夏南ちゃんのことを想うなら、夏南ちゃんが笑うはずだった分、笑ってほしいんです。もしそれでも春野先輩が罪だと感じるのなら、救われた私がそれを赦します」

ねぇ、夏南。

俺といて幸せだったかな？

楽しんでいたかな？

笑えていたかな？

もし、俺が思う以上に、夏南が笑顔でいてくれたのなら。

――俺は明日へ踏み出してもいいのかな？

「春野君。ずっと渡したかったものがあるの。それを今日、渡そうと思って」

夏南の母親が、紙袋からなにかを取り出した。

「今日はあの子の命日だけど、もう一つ大切なことがある日でしょう？」

開けていいわよと言いながら、包装された箱を渡された。彼女に頷きを返して中身を取り出すと、絵の具が出てきた。あの日、夏南が俺に渡そうとしてくれたものと同じだった。それを見た瞬間、涙が溢れていた。

「春野君。お誕生日おめでとう」

「春野先輩、お誕生日おめでとうございます！」

膝から崩れ落ちて、溢れる涙を堪えきれず、泣き喚いていた。

本当、馬鹿だな。自分が生まれた日さえ、祝われるまで忘れていたなんて。

「誕生日はね、生まれてきたことを祝う日でもあるけれど、一年間健康だったことを祝う日でもあるのよ。夏南が亡くなってから、とっても苦しかったでしょう。辛い思いをたくさんしたでしょう。それでも、今日まで生きていてくれてありがとう」

夏南の母親に抱きしめられ、さらに心の堤防が決壊する。

君が俺にくれようとしていたものは、ちゃんと届いたよ。

君と過ごした時間は宝物でした。

君のおかげで、愛することの喜びを知れました。

かけがえのないものをたくさん、ありがとう。

「ありがとう……ございます」

「いいの。いいのよ。私のほうこそ、お礼が言いたいわ。本当に、本当に、夏南を愛してくれてありがとう」

だから、もう行くね。

いつまでも君との思い出に縋っているわけにはいかないから。

大切に想ってくれる人がいるから。

見ようとすれば、たくさんの色が世界に溢れていることを知れたから。

もう、君の笑顔をなくしたりなんかしないから。

夏南の母親を包んでいたモヤが晴れた。顔をしわくちゃにして、俺と同じように涙を流していた。彼女に抱擁(ほうよう)されながら隣へ視線を移せば、市川さんも肩を上下させて静かに泣いていた。

「俺……また絵を描こうと思います。完成させられなかった夏南の絵を、今度こそ描き終えます。全部できたらお見せします！」

手の甲で涙を拭いた俺は、二人を交互に見つめて、新たな決意を伝える。夏南の母親も市川さんも最初は驚いていたが、すぐに優しく微笑んでくれた。

「ええ……楽しみにしているわ」

「また、春野先輩の素敵な絵が見られるんですね！」

市川さんの笑顔を取り戻そうと努力をしてきたけれど、いつも助けられてばかりいた。だから、今度こそ俺が助けるんだ。

たとえ市川さんが色覚異常で色が見えないとしても、心をこめて着色しようと思う。

貰った絵の具で、この世の綺麗さを教えてあげたい。

墓を見つめる。夏南にはこの一年、かっこ悪いところばかり見せた。今度はかっこいいところを見せるよ。

『りっくん、いこっ！』

桜の舞う公園で、俺の手を引く夏南の顔を思い出す。

かけがえのない記憶。二度と戻らない時間。

色褪（いろあ）せることなく、鮮明に蘇（よみがえ）る。

誰よりも、なによりも、美しい君が笑っている。

俺の最愛の人が笑っている。


一夜明け、月曜日の朝がやってきた。いつもより家を出る時間が早いのは、授業が始まる前に職員室にいき、担任の先生に今の気持ちを伝える予定だからだ。

美術部に戻ってこないかと誘われてから一ヶ月近く経過してしまったが、先生の気持ちが変化していないことを願いたい。

もうモヤは見えない。他人の表情がはっきりとわかるし、夏南の笑顔も思い出せる。皆にとっては当たり前のことだけど、たったそれだけでなんでもできるような気がした。

雲一つない青空も、突き刺すような日射しも、すべてが愛おしい。すれ違う人々の顔が見えることが嬉しい。

日課になってしまった市川さんの安全確認。通学路を歩きながら、職員室の前に市川さんの教室へ行こうと考えていると、高校の周りを走っている大地を発見した。

彼の顔が上気して赤くなっていることから、走りはじめてから随分と時間が経っていることがわかる。

懐かしい。きつく眉を寄せた精悍な面構えは相変わらずだ。変わっている点といえば、日に焼けて肌の黒さが前よりも増している点だろうか。

小走りになって移動したことで、校門の前で大地と会うことに成功した。

「よう、律。こんな時間に会うなんてな。早起きじゃん」

「おはよう、大地。これから担任の先生とお話をしようと思ってね」

「なんだ？　呼び出しでも食らったのか？」

「いや、そういうんじゃないよ。美術部に戻りたいって言いにいこうと思って」

俺と会話しながらも足を動かしていた大地が、俺の言葉を聞いた途端、ピタリと止めてしまった。

「律、それは本当か？」

「本当だよ。嘘なんてつかないって」

大地が空を見上げ、大きく息を吐いた。

「そうか。お前が美術部に戻るなんて言い出す日がくるなんてな」

「ずっとなにもしないままってわけにはいかないしな。将来のことはまだ決められないけど、美術部に戻ることからはじめてみようと思ったんだ」

大地には本当に世話を掛けた。親友に報いるためにも、絵を完成させたい。

「市川ちゃんと出会ってから、いろいろと変わったよな。というより、昔のお前に戻ったと言ったほうが正しいか。お前が市川ちゃんと墓参りにいくって話を聞いた時もびっくりしたけど、今度は部活復帰のお知らせか。ったく、忙しい奴だな」

「まだ先生に話してないから、なんとも言えないけどね」

「だったら、とっとと職員室いってこいよ」

「ああ、いってくる」

大地が校舎を指さしながら、白い歯を見せて笑ってくれる。やっと、本当の意味で心から笑い合えた気がした。

大地と別れて校舎に入った俺は、一年生のフロアへと移動する。

「おはよう、市川さん、西園寺さん」

ちょうど二人が教室に入ろうとしているところだったので、廊下で挨拶をする。俺の声に反応して、市川さんがこちらに頭を下げてくれた。

「おはようございます。春野先輩」

笑顔を向けてくれた彼女に頷きながら、隣にいる西園寺さんに視線を向ける。

整った長い睫毛、高くスッとした鼻、綺麗なフェイスライン。そしてなにより目を惹くのは、雪のように真っ白な肌と炎のように真っ赤な眼鏡。初めて西園寺さんの顔貌（かおかたち）を見たので、彼女の挨拶に反応すらしていなかった。

「ちょ、ちょっと春野先輩。きゅ、急にわたくしの顔をじっと見つめてどうしたのですか？」

「い、いや、なんでもない。ごめん。失礼した」

慌てて目を逸らして、右手の手の平を向けながら被りを振る。いくら他人の表情が見えることが新鮮だからといって、じっと見つめるのは良くない。

「市川さん、改めてありがとう。市川さんが俺を墓参りに誘ってくれなかったら、これから先もずっと自分を責め続けていたと思う」

変な空気を変えるために、市川さんに話題を振る。

「昨日も言いましたけど、私はなにもしていませんよ。春野先輩が自分で前に踏み出したんです。今度こそ、絵に対する純粋な気持ちを思い出せましたか？」

「うん。思い出せたよ。もう描きたくて仕方がないんだ。これから美術部に戻れるか先生に聞いてみるつもり。だから、ごめん。一緒に帰れる日が少なくなってしまうかも」

「謝らないでください。春野先輩が一歩を踏み出そうとしているんです。応援しますよ。まだ一人で通学路を歩くのは怖い気持ちがあります。でも、怜佳ちゃんがいますから」

「これからは土曜日に通院することにしたんです。一週間のうちに何回も病院に通わなくてよくなったので。なので、わたくしたちのことは気にしないでくださいね」

胸を叩いて微笑む西園寺さんが頼もしく見えた。

「そうなんだ。週一で済むようになったなんて良かったね。順調に回復しているのかな?」

「そうでもないです。最初から最後まで一曲を演奏できるようになるには、まだまだ時間がかかりそうです」

絵を完成させられない苦しみは、心を蝕み続けるものだ。西園寺さんもきっと似た苦しみを抱えている。再び絵を完成させる日がきたら、少しは彼女の背中を押す力になれるだろうか。

市川さんたちと別れ、職員室の前までやってきた。何度も出入りしている場所なのに、なぜか違う場所のように感じる。さながら戦場に赴く兵士のような気持ちだ。

最初はただ、絵を夏南へ見せたい一心で筆を執っていた。夏南が喜んでくれれば満足だった。けれど、今は違う。描くことに多くの理由ができた。贈りたい相手がたくさんいて、届けたい思いもたくさんある。

職員室の扉を開けて中に入ると、コーヒーを飲みながら教科書を読んでいる先生が遠くのほうに見えた。

改めて先生を見つめる。日焼けしていない真っ白な肌で面長だ。先端が尖ったような鼻の上に、丸みのある黒縁眼鏡を掛けていた。

写真も絵も切り取るのは一瞬だ。その瞬間を永遠にするために命を燃やす。俺の心に残っている思い出はなんだろうか？　思い出を風化させないように、一瞬を切り取ろう。

「おはようございます。先生、少しお時間よろしいですか？」

皆と過ごした思い出を形にするために、今、一歩を踏み出すんだ。

第二章　モノクロの世界で私は恋を知る

好きってなんだろう？　恋ってなんだろう？　初めての感情が私を支配していた。

「はぁ～」

溜息をつきながら、左胸に手を添える。ドクンドクンと高鳴る鼓動がうるさく感じる。どれだけ時間が経過しても止まってくれそうにはなかった。

これまでストーカーに怯えてばかりの日々を過ごしていたので、恋をする余裕なんてどこにもなかった。けど、小峰が捕まったことにより、自分の気持ちに目を向けることができるようになった。

春野先輩のことを好きだと実感したタイミングを、はっきりと覚えている。小峰に誘拐された私を助けにきてくれた時、初めて胸がトクンってなった。

あの日を境に彼といると顔が真っ赤になって、頭が真っ白になって、なにを喋ったらいいのかわからなくなってしまうことが増えた。

美術部に復帰することを伝えるために、わざわざ私たちの教室にやってきた春野先輩と話をした時もそうだった。覚悟を決めた彼の瞳に釘づけになってしまい、冷静に会話ができなかった。変なことを口走っていないか心配になってしまう程緊張していた。

どう自分の気持ちに向き合えば良いのかわからず、最近ぼんやりしてしまうことが多い。授業を真剣に受けているというアピールをするために、いちおうシャーペンをポーチから取り出してみるけれど、ノートは真っ白なままだ。

春野先輩は変わったなって思う。退院したあたりから、会話していると目を合わせて相槌を打ってくれる回数が増えたし、こちらの話が終わるまでしっかりと聞いてくれるようになった。

変化したのは視線だけじゃない。彼の発する雰囲気も柔らかくなった。余裕ができたというか、常に落ち着いた様子で凛々しくなったのだ。

「先輩は前に進んでいるんだなぁ……」

春野先輩の真っ直ぐな姿を見て、私も変わりたいと思うようになった。

同じクラスの人たちに自分から話しかけることをしてこなかったので、男女問わず仲良くなることを心がけることにした。

そのおかげか、入学したての頃よりかは学校生活が楽しいと感じるようになったし、クラスにいやすくなった。

自分が変化したからといって、春野先輩が好意を寄せてくれるわけじゃない。そんなことはわかっている。けど、今までと同じじゃあ嫌だった。

彼に守られるだけの私じゃなくて、彼にすごいなって思ってもらえる。そんな私になりたかった。なにもないままの私じゃあ、彼に告白なんて絶対にできないから。

春野先輩の影響をいっぱい受けて、気が付けば、どんどん彼の色に染まっていく私がいた。

「これが恋……なんだよね、きっと」

「は？」

初めての感情に戸惑うばかりだ。常に春野先輩のことを考えている。

「おーい、麻友～、聞いてるー？」

私は春野先輩のことがどうしようもなく好きだ。

春野先輩が夏南ちゃんのことをずっと大切に想っていて、今でも愛しているのがわかっていても好きなんだ。

おかしいな。

夏南ちゃんを愛している春野先輩だからこそ、近付いたのに。

私を性の対象として見ないから安心していられたのに。

どうして今さら、私を見てほしいなんて思うようになってしまったのだろう。

「麻友！」

肩を揺さぶられて、ようやく私の意識は目の前にいる怜佳ちゃんに向いた。頬を膨らませている彼女を見て、また自分が上の空になっていたことに気付く。

「あ……ごめん。話を聞いてなかったみたい」

知らない間に一限目の授業が終わっていたようだ。

「もう麻友ったら！」

「ごめんね、怜佳ちゃん」

頭を掻きながら謝罪の言葉を呟くと、怜佳ちゃんは溜息をつきながら眼鏡のブリッジの部分を人差し指で押した。

「まさかあの麻友が恋をするとはねぇ～。しかも相手が春野先輩とは」

怜佳ちゃんに恋愛相談をして以来、よく春野先輩の名前を出してからかってくるようになった。

「ぼーっとしててごめんってば～。あまり人前でそれ言わないでよ～」

休み時間中の生徒たちはお喋りに夢中でうるさい。とはいえ、誰かに聞こえてしまうかもしれない。私は「しーっ」と言いながら、人差し指を口の前に立てる。

「好きになる気持ちもわからなくはないけど、今のままじゃあ告白しても難しいかもしれないわね」

少し小声になった怜佳ちゃんに安堵しながら、会話を続ける。

「私だって無理なのはわかってるよ。でも好きになっちゃったんだもん。しょうがないじゃん」

「別に無理とまでは言ってないでしょうが。春野先輩のお誕生日を祝うためにいろいろと頑張ったんでしょう？　麻友の優しさは届いているでしょうから、成就する可能性は少しくらいならあると思うわよ」

「少しじゃあダメなんだよ～」

頭を抱えていると、怜佳ちゃんがクスッと笑った。

「弱気ねぇ～。そんなんじゃあ、叶うものも叶わないわよ。それでいつ告白するの？　まだ時間はあるけれど、早くしないと卒業しちゃうわよ」

「伯母さんに完成した絵を見せるって言ってたし、たぶん九月の文化祭に向けて描くんだと思う。春野先輩の努力に水を差したくないから、それまでは言わないつもり。言うとしたら文化祭の当日かな」

「あら、文化祭なんていう大きなイベントの時に告白するなんて、麻友にしては思い切ったわね」

「うん。先輩にとっては最後の文化祭。思い入れは私たちよりも強いはず。そんな時に告白されたら、インパクトがありそうでしょ？」

「なるほど。恋愛対象として意識していない相手から、イベントの日に不意打ちみたいな告白。確かにインパクトはありそうね」

「初めての気持ちだからちゃんと伝えたいんだ。私なんかに告白されても春野先輩は嬉しくないかもだけど」

「可愛いわね、麻友は。まさかこんなに初心だったなんて。聞いてるこっちが、こそばゆい気持ちになっちゃうじゃない。頑張りなさいよ」

「うん。怜佳ちゃん、ありがとう！」

男性に好かれたくなかったからお洒落に無頓着だったけど、これからは意識したほうがいいよね。

　肌が見えちゃうからっていう理由で、短いスカートは制服以外では絶対に穿かないようにしていたけれど、やっぱり男の人はそういう服装のほうが喜ぶんだろうか。

　こんなことならもっと夏南ちゃんにいろいろと聞いておくんだったよ。意中の相手と仲良くなる方法とか、デート時の振る舞い方とか、心得ていただろうに。

「ストーカーの件で感覚が麻痺してたけど、私って全然春野先輩と一緒に遊んだりしてないんだなぁ」

　学校帰りにオススメの撮影スポットに案内してもらうことはあっても、わざわざ事前に約束をしてどこかにお出かけをしたことがない。あったとしてもこの間のお墓参りくらいだ。

もう何度目の溜息だろう。自分の勝ち目のなさを考えるたびにへこんでいる気がする。結局、授業や写真部の内容が頭に入らないまま一日が終わってしまった。

「はぁ……」

怜佳ちゃんと下校して誰もいない自宅に帰宅する。相変わらずお母さんは仕事で帰りが遅い。

自室で制服を脱いでいると、不意に夏南ちゃんの言葉が脳裏を過った。

「大丈夫。絶対になんとかなるよ。だから泣かないで」

私が失意のどん底に落ちていた時に掛けてくれた言葉だ。

春野先輩と一緒に夏南ちゃんの墓参りをしたからか、夏南ちゃんのこともよく考えるようになっていた。なんとなく昔の夏南ちゃんが見たくなって、スウェットに着替えた私は、机の中にしまっていたアルバムを引っ張り出してみる。

そこには、おばあちゃんの家を背景にして笑う私と夏南ちゃんの姿が写っていた。

半袖に半ズボンというラフな格好の私に対して、夏南ちゃんは麦わら帽子を被り、純白のワンピースを身に纏って、サンダルを履いていた。

夏休みになると、毎年のようにお母さんの実家へ出向いていた。当たり前だけど、私のお母さんの実家ということは、夏南ちゃんのお母さん……つまり伯母さんの実家でもあるわけで、伯母さんに連れられて夏南ちゃんもやってきていた。

　お母さんたちが大人の会話をしている間、私は夏南ちゃんと一緒に外で遊んでいることが多かった。

　あの頃は今程暑くなかったからだろうか？　それとも当時の私が鈍感だったからだろうか？　あの頃、真夏の暑さは外出を渋る理由にはならなかった。無尽蔵の体力。どこから湧いてくるのかわからない好奇心。今の私にはない無邪気さを足に乗せて、どこまでも走っていた。

「本当、あの頃は遊んでばかりだったなぁ」

　扇風機に向かって「あ～」と声を上げる夏南ちゃん。縁側で風鈴の音を聞きながら、スイカを食べている夏南ちゃん。浴衣を着て夏祭りに出かける夏南ちゃん。いろいろな姿の夏南ちゃんと一緒に撮影した写真が、アルバムにはある。

　確か色覚異常になる前だから、これらが撮影された時期は小学生の頃だ。お母さんが再婚するかしないかで悩んでいた時期だったように思う。

　新しいお父さんができることを喜んでいいのか、悲しんでいいのか、よくわからなかった。自分の気持ちの整理がつかなくて、夏南ちゃんに付き合ってもらって延々と線路の横を走っていたこともあった。

「まーゆは今、苦しいんだね。辛かったらいつでも言ってね。私にできることがあったら、協力するからね」

その言葉通り、中学生になった私の側に夏南ちゃんはいてくれた。

お母さんが仕事で家にいない日。つまり、矢部と二人きりにならないといけない時は、自室に籠るか夏南ちゃんの家に逃げるかを選択していた。

急に訪れる私をなにも聞かず受け入れてくれた夏南ちゃん。中学校の勉強でわからない部分を教えてくれたり、一緒にゲームをしたりしてくれた。

「やっぱり過去を振り返るのは、いいことばかりじゃないな」

苦笑しながらアルバムを閉じて、元の場所に戻す。ベッドにダイブしてうつ伏せになりながら、夏南ちゃんに心を救われた記憶を思い起こす。

彼女があの時、私に声を掛けてくれなかったら、今の私はいないだろう。それくらい大きな出来事があったんだ。


矢部に犯されそうになる経験をした私は、全身に恐怖が染みついてしまった。

誰にも会いたくないという気持ちに支配され、自室に籠るようになった。

お母さんが扉をノックしても反応しなかった。自分で自分の腕を抱き、膝を折り、部屋の隅で小さくなることで、震えが収まるのをひたすら待っていた。

カーテンをすべて閉め、部屋の電気もつけず、なにもしない生活。流砂に呑み込まれるみたいに、ズルズルと良くないほうへと堕ちていく。とても学校になんて行ける状態じゃなかった。これからずっと学校へ行くのをやめてしまおうか、なんてことを考えていた。

矢部に襲われたショックによって色覚異常になってしまったのもあって、他者と会うことを極度に恐れていた。矢部が逮捕されても、怖いと思う気持ちが消えるわけじゃない。

またノックする音が響いた。お母さんだろうと思って「話しかけないでって言ってるじゃん！　しつこいんだよ！」と怒鳴っていた。

「お母さんじゃなくてごめんね。まーゆ。私だよ、夏南だよ」

相手が夏南ちゃんだと知った途端、次の言葉を発しようとした口が固まる。

「急にきてびっくりさせちゃったよね。まーゆのことを聞いたら居ても立ってもいられなくなっちゃった。ずっと部屋の中に閉じこもっていてもいいことないよ。昔みたいに私と一緒に遊ぼうよ」

嫌な妄想は膨らむ一方で、男の人が服を脱がそうとしてくるんじゃないか、そんな不安が止めどなく溢れていた。

それだけじゃない。色がない世界を見ることも恐れていた。真っ暗な部屋の中なら、色覚異常だと意識しなくて済む。

だから、夏南ちゃんには申し訳ないけれど、部屋から出る気には到底なれなかった。

「私が一緒にいるから大丈夫だよ。怖がらなくていいんだよ」

今まで聞いた中で一番優しい声だった。私の荒れた心を癒そうとしているのが伝わってくる。

「外に出るのがどうしても怖いなら、私とお話ししよう？　一人だとどんどん苦しくなっちゃうよ。だからどうか開けてくれないかな」

「ごめん……なさい」

そう呟くことしかできなかった。

「そっか。明日もくるからね、まーゆ」

無理に私を部屋から出そうとはしなかった。夏南ちゃんの優しさに応えられない自分が醜く感じて、余計に胸が苦しくなった。

携帯の電源を切っているので、メールや電話が届いているかもしれないけれど、見ようとは思わなかった。次の日も、部屋から出るのは、トイレとお風呂の時だけ。一人が落ち着いた。話し相手がいないことはいいことだ。

ノックの音が響き、夏南ちゃんの声が響く。彼女の声を聞いて、初めて夕方になっていることに気が付く。

「約束通り今日もきたよ、まーゆ」

「約束なんてした覚えないよ」

「ううん。約束したの！　これから私はまーゆとお話をする予定があります！」

「私といたって楽しくないよ。新しくできた高校の友だちと遊んでたほうがいいと思うよ」

「まーゆ、私のこと気遣ってくれるんだ？　優しいんだね」

「私が優しい？　優しかったら、夏南ちゃんがきたらすぐに扉を開けてるよ！」

大声を出した自分にハッとする。こんなことでイライラするなんてどうかしている。

今までは嫌なことがあっても飲み込むことができたのに、今では言葉にしないと窒息してしまいそうだった。

「優しくない人は、他人のことなんて考えたりしないよ。まーゆは不器用なだけ。ちゃんと優しい子なんだってことを私は知ってる」

「優しかったら夏南ちゃんに嫉妬しない！　可愛くてなんでもできる夏南ちゃんを羨ましがったりしない！　私は卑怯で卑屈でどうしようもない子なの。羨ましいと思うなら、努力をすればいいのに、ただ夏南ちゃんを羨望の眼差しで見ているだけの小心者なんだよ！　私なんかに構わないで！　放っておいてよ！」

まるで自分が自分ではなくなってしまったみたいに、勝手に口が動いて言葉を吐き出していく。不安定になった心は、堰き止めていた感情をいとも簡単に放出してしまう。

「そっか。まーゆは私をそんな風に見てたんだ。じゃあもっと頑張らないとだね。まーゆの期待に応えられるような私でいないと」

「なに言ってるの……なんで怒らないの？　私、夏南ちゃんの優しさを突っぱねているんだよ？　善意を踏みにじってるんだよ？」

言うことを聞かない私に失望してくれたら良かった。あいつはもうダメだって見放してほしかった。拒否をし続ければ、諦めてくれると思っていた。

「やっぱりまーゆは優しい子だよ。そんなことくらいで怒ったりしないよ。それにね、私のスマホにあるカレンダーにはね、まーゆと遊ぶって予定が毎日入ってるんだよ？」

それなのに、夏南ちゃんは私を見捨てない。どこまでも寄り添おうとする。

「え？」

「気付いてあげられなくてごめんね。まーゆは二人目のお義父さんが怖かったんだよね。だから私の家によくくるようになったんだよね。助けてって言葉にしちゃったら、お母さんの幸せな結婚を壊しちゃうもんね。ずっと我慢してたんだよね」

全部、当たっていた。私の虚勢なんて最初から見抜いていたみたいに。

彼女の優しさに触れて、自然と涙が零れ落ちていた。

「まーゆが閉じこもるのをやめたって、やめなくたって、私は毎日ここにくる！」

夏南ちゃんの透き通るような声には、力がこもっていた。

「確かに怖い思いをしたかもしれない。傷付いたかもしれない。でも、良い男性だって絶対にいるから！　関わらなくちゃ良い人か悪い人か判別できないから難しいかもしれないけれど、必ずまーゆを助けてくれる運命の人は現れるから！　まーゆが皆を信じられるようになるまで、私が側にいてあげる。まーゆを一人になんて絶対にしないよ！」

泣き崩れた。大粒の涙を流して胸を押さえた。私のすべてを肯定してくれる。こんなにも嬉しいことはない。

「開けて、ほしいな」

ゆっくりとした足どりで扉の前まで歩いていく。震える手を必死に動かして、鍵のつまみを捻る。カチャッとロックが解除される音が、やけに大きく聞こえた。

「まーゆっ‼」

扉が開いた瞬間、私の体に両手を回して夏南ちゃんが抱きついてきた。

「まーゆ、苦しかったよね。怖かったよね。まーゆが苦しんでいる姿を考えたら、私……私、どうにかなっちゃいそうだった。まーゆが無事で良かった。良かったよぉぉぉぉ」

夏南ちゃんの震えをじかに感じてようやく気が付く。泣いているのは私だけじゃないのだと。

「夏南ちゃん。夏南ちゃん。ありがとうっ！」

顔をしわくちゃにして、鼻水を垂らしながら、とにかく泣いた。力の限り抱き合った。どれくらいそうしていただろう。しばらくして、夏南ちゃんはカーテンを端に移動させて窓を開けた。淀んだ空気で満たされていた室内に、暖かい風が流れ込み、外から光が入ってきた。眩しくて思わず目を細める。

「まーゆ、この世は美しいもので溢れているんだよ。閉じこもっちゃうのなんてもったいないよ。綺麗だってこと私が証明してみせる。大丈夫。絶対になんとかなるよ。だから泣かないで」

私の頭を撫でながら、夏南ちゃんは微笑んだ。暖かい風が吹いたことでカーテンが揺れ、窓から桜の花びらが一片、部屋に入り込んできた。

私の中にある恐怖は拭い去れていない。瞳からは色が抜けたままだ。けれど、夏南ちゃんが近くにいてくれたら、憂いなんて吹き飛んでいくような気がした。

「まーゆ、一緒に駅前のアイスクリーム屋さんにいこうよ！」

「まーゆ、テストでわからないところある？　高校生の私が中学生の君に勉強を教えてあげよう！」

「まーゆ、私の家に泊まりにこない？　パジャマパーティーしようぜっ！」

夏南ちゃんはいつもびっくりするくらい元気で明るかった。私が作った心の壁をいとも簡単に乗り越えて繋がろうとしてくれる。

「じゃじゃーん、見てみて〜。私に彼氏ができました〜」

夏南ちゃんが高校二年生になって少しした頃、携帯に表示された写真を見せられた。写真に映るのは、向日葵畑を背景に笑い合う二人の姿。彼氏さんへ注意を向ける。優しそうな表情を浮かべる細身の方だ。清潔感はあるけれど、容姿はいたって普通だった。向日葵の写真を見せられた時はまだ、夏南ちゃんの彼氏が私をナンパから助けてくれた人だと気付いていなかった。

「彼の名前は春野律って言うの。年は一つ下でね、とっても可愛いんだよ。デートプランを熱心に考えてくれて、私をリードしようとしてくれるの。彼の必死なところを見るのがたまらなく好きなんだ〜。まだ下の名前で呼ぶような関係にはなってないけど、いつか呼びたいな〜。りっくんとか呼んでみたら喜んでくれるかな。きゃー」

いつも以上に興奮している夏南ちゃんを見ていると、私まで嬉しくなる。幸せそうな顔をしているので、春野先輩との思い出を語られても嫌な気がしなかった。

スマホを横にスクロールして映し出される画像を次々と変えていく夏南ちゃん。そんな彼女の手を私が止めたのは、串焼きパーティーの写真を見た時だった。春野先輩だけでなく伊勢谷先輩の姿を見て、ようやく私は二人のことを思い出した。その甲斐あって、男性は悪い人ばかりじゃないのだと、少しは思えるようになった。

その日を境に、夏南ちゃんに会うたびに春野先輩の話を聞かされた。ついこの間まで、下の名前で呼ぶことすらできていなかったのに、たった数週間後には、春野先輩の呼称がりっくんになっていた。

キスをしただの、鉛筆で簡単な似顔絵を描いてもらっただの、日帰り旅行に行っただの、人生の充実ぶりをさんざん聞かされて、あまりにも彼氏の自慢をするものだから、無関係の私でさえ、どんな人なのか、どんな絵を描いているのか気になった。

どうやら今年の文化祭で絵を展示する予定らしい。文化祭の開催月を確認すると、九月だという。私が中学三年生になって少しした頃にそんな話をした。

「九月の文化祭も楽しみだね！　りっくんの絵を見てあげてね！」

「うん。そうだね。楽しみだね！」

怜佳ちゃんと一緒に高校の見学ができるし、気になっていた絵も見られるし、いいこと尽くめだなって、自分にしてはめずらしくワクワクしていた。

……それなのに、あんな悲惨な未来が待っているなんて思いもしなかった。

夏南ちゃんの優しさを思い出し、泣いてしまいそうになった。改めて彼女の優しさを認識したことで、春野先輩への恋心に躊躇(ためら)いが出てきてしまった。

ダメだよ。夏南ちゃんが好きになった人と同じ人を好きになるなんて。そう自制しようとするけれど、気持ちが溢れてしまって仕方がない。本当に夏南ちゃんの恋人を好きになっていいのだろうか？


翌朝目が覚めた時、最初に見たのはカーテンの隙間から零れる太陽の光によってできた白い線だった。光がちょうど顔に当たったものだから、思わず目を細めてしまう。ぼんやりとした意識の中、空気の揺れを感じて横へ視線を動かすと、ベッドの側に置かれた扇風機が私の頬を撫でるように暑い風を送っていた。

壁に掛けられた制服。机の上に広げたままの教科書。サボテンのぬいぐるみ。瞼（まぶた）を擦りながら見慣れた自室を見つめる。

考えても答えなんて出ないのに、昨日はずっと悩んでいたような気がする。とにかく気分を切り替えないと。

「よーし、今日も元気を出して頑張ろーう！」

頬を叩いて、片手を上げて大きな声を出してみる。そうするだけで気持ちが軽くなるから不思議だ。

気分が解放的になったところで、ベッドから立ち上がると窓際から少し離れた位置にある観葉植物……モンステラに水を与える。

「元気に育って大きくなってね」

小峰が私を攫いにきた時に、前に育てていた植物が台なしになってしまったので、新たに買ってきたのがモンステラだった。

「そういえば育てている観葉植物の成長日記をつけようと思って写真撮影をはじめたんだよね。モンステラを撮って記録してないじゃん！」

お父さんが毎日のように撮影をしてチェックしている姿に憧れていたのに、色覚異常になってからは日記をつける習慣がなくなってしまっていた。

『市川さんの撮る写真はあまり明るさというか……生気を感じませんね。これでは見にきた人が喜びませんよ』

顧問に言われた言葉が脳裏を過る。

「私が誰かを明るくさせるなんてこと、できるのかなぁ？」

改めて春野先輩のすごさを実感する。彼の絵は人の心を揺さぶる魅力があった。自分じゃなく誰かのことを想って作った作品だったから届いたのだろう。

常に自分のことばかり考えていた私に、感動させることなんてできないよ。

文化祭に展示する写真の題材は、部員一人一人に委ねられている。どんな写真を撮ってもいいみたいなので、私は大好きな観葉植物をテーマに選ぶことにした。

「先生にまたダメ出しされちゃうかもしれないけど、撮影してみようかな」

撮る角度や距離を調節してモンステラを撮影しているうちに、随分と時間が経ってしまっていたらしい。時計を見て愕然とする。

　制服に着替えた私は、ドタドタと階段を下りる。一階に着くと、家の中がしーんと静まり返っていた。リビングの扉を開けてみると、お母さんの姿がない。

いつもの朝なら、ご飯を食べる時にお母さんと顔を合わせるのだが、今日はもう出勤してしまっているようだ。まぁ、会話しても私を気遣うようなことしか喋ってくれないので、会わないほうが気楽でいいんだけどね。

　家を出て、玄関の鍵を閉める。少し走ると、待ち合わせ場所である交差点が見えてきた。十字路にあるミラーの前に、怜佳ちゃんが立っている。

　腕を組んで貧乏ゆすりをしているので、怒っているのが遠目からでもわかる。全速力で走ったせいで、彼女の前に立つ頃には、息が切れていた。

「遅いわよ、麻友」

「はぁ……はぁ……ごめん！」

　私が両手を合わせて謝罪しているうちに、怜佳ちゃんは回れ右して歩き出してしまう。スマホで時間を確認すると、いつもより十分程遅れていた。

　私が遅刻したせいか、怜佳ちゃんが難しい顔をしているので、話しかけることができないまま学校に到着してしまった。

「これはダメですね」

細長い机が二つ縦に並んだ写真部の部室に、顧問の声が響く。私と怜佳ちゃんは揃って再提出を求められてしまった。文化祭用の作品を展示するために、良い写真を撮影しようと頑張っているのだけど、なかなか合格ラインに辿り着けない。

「ちょっと校内を回って撮影してきます」

先生にリテイクと言われた怜佳ちゃんは、すぐに部室を出ていってしまう。鞄の持ち手を肩に掛けていたので、今日はもう戻る気はないようだ。

いつもなら一言私に声を掛けてから出ていくのに。なんて思いながら、後を追おうとパイプ椅子から立ち上がる。

顧問の先生は、生徒の作品に対して高いクオリティを求めるけれど、それ以外の点は結構ルーズだ。毎日必ず部活に出席しなくても大丈夫だったり、一日の活動時間が明確に決まっていなかったりする。

良い写真が撮れたら見せに行けば問題ないので、毎日のように部活に参加する必要はまったくない。最近は暑さが増してきているのもあって、エアコンのない部室に、部員全員が集まることが珍しくなってしまっている。

なので、春野先輩と一緒に帰りたくて美術部の活動が終わるまで残っている私は、写真部の中でも稀な部類だ。

部室から廊下に出て周囲を見回してみるが、怜佳ちゃんの姿はなかった。私になにも言わずに帰ってしまうとは思えないので、校内のどこかにいるんだろう。

　今日の朝からずっと怜佳ちゃんの様子がおかしい。春野先輩のことばかり考えてまともな反応をしなかった昨日の私みたいに、今日は怜佳ちゃんが心ここにあらずって感じだった。

　怜佳ちゃんが写真部で褒められているところをあまり見たことがない。文化祭が近付いていることに焦っているのだろうか。それとも、私に合わせて吹奏楽部ではなく写真部を選んだことを後悔しているのだろうか。

　怜佳ちゃんは私の悩みを聞いてくれることはあっても、話してくれることはない。いつも一人で抱え込んでしまう。そして基本的に、学校でも家でも良い子だ。両親や先生の言うことに逆らったりはせず、他人に迷惑を掛けるようなこともない。

　連絡しようかと思ってスマホを取り出すけれど、なんて送ったらいいのかわからなかった。私は、軽々しく他人の心に踏み込めるようなタイプじゃない。

　やっぱり夏南ちゃんのようにはなれないな。あんな風に、なんてことないような雰囲気で聞けたらいいのに。

　美術室の中が見える位置へと、自然と足が動いていた。私のいる校舎の反対側に、美術室がある校舎がある。

鞄(かばん)から一眼レフカメラを取り出して構えると、ダイヤルを回してズームし、絵を描く春野先輩を窓越しに捉える。

残念ながらキャンバスの背面がこちらを向いているので、どんな絵を描いているかはわからなかったけど、彼の真剣な眼差しを見つめることができた。

シャッターを押すタイミングは何度もあったが、結局瞬間を切り取ることはできなかった。

ふと、春野先輩の視線が動いて目が合ってしまう。私は慌てて膝を抱えて座り込んだ。イタズラをしたことがお母さんにバレてしまった時のような心境になって、顔を出せなくなった。ドクンドクンと脈を打つ心臓が、やけにうるさく感じた。

春野先輩が美術部で活動する様子を見て幸せな気持ちになった私は、写真撮影を終えた怜佳ちゃんと下駄箱の前で会うことができた。

「その顔から察するに、春野先輩が見られて満足みたいね。楽しそうでなによりだわ」

「さすがだね、なんでもお見通しだ。そっちはいいの撮れた?」

「わたくしのことはいいのよ。麻友は自分のことだけ考えなさい。文化祭で展示する作品がかっこ悪かったら、春野先輩に自信持って告白できないでしょ。もう遅い時間だし、帰りましょうか」

春野先輩と帰りたいな、なんて思っていると、怜佳ちゃんが歩き出してしまう。いつもより歩くスピードが速い。

「ま、待ってよ！」

下駄箱から靴を取り出し、投げるように上履きをしまう。怜佳ちゃんの隣まで小走りで駆け寄っていく。怜佳ちゃんに文句を言おうとした時、背後から私たちを呼ぶ声が響いた。

「おーい。市川ちゃーん、西園寺ちゃーん！」

「この声は、伊勢谷先輩？」

大量の汗を流しながら、ジャージ姿の伊勢谷先輩がこちらにやってくる。

「どうされたんですか？」

「律から聞いてる？　あいつが美術部の活動で市川ちゃんたちと帰れない日は、俺が担当することになったたっていう話」

「そうなんですか？　初耳です」

驚く私を見て、伊勢谷先輩が小さく笑う。

「ああ。小峰が捕まったとはいえ、まだ怖い気持ちがあるでしょ？　だから、市川ちゃんが外に慣れるまでは俺もできる限り協力しようと思ってな」

「そ、そんな！　私はもう大丈夫ですよ。先輩方は自身の部活に専念してください。最後の年なんですから！」

「ええ。わたくしが麻友の側にいるので、大丈夫ですよ」

「はは、いいんだよ。最近は部活に掛かり切りで、市川ちゃんたちと話す機会がなかったしな」

三人で一緒に帰ることになった。夕方になっても、気温は下がる気配がない。真横で伊勢谷先輩がうちわで扇いでいるので生暖かい空気が頬に流れてくる。

伊勢谷先輩が部活のこととか、テストのこととか、いろいろと話題を振ってくれるので、そのたびに私が答えていく。

怜佳ちゃんは会話に交ざろうとする素振りをみせない。相槌を打ってはくれるけれど、ぶっきらぼうな感じの反応が続いている。

「なんか今日の西園寺ちゃん、機嫌悪い？」

私の耳元に小声で話しかけてくる伊勢谷先輩。息が吹きかかってこそばゆい。

「なにがあったのかわからないですけど、ずっとこんな感じです」

前を歩く怜佳ちゃんの背中を、伊勢谷先輩がじっと見つめる。観察力がある彼ならなにかわかるのだろうか？

「あ、あのっ！」

伊勢谷先輩に春野先輩のことを尋ねようと思ったら、想像以上に大きな声を出してしまっていた。

「ん？　どうした市川ちゃん」

怜佳ちゃんを見ていた伊勢谷先輩の瞳が、こちらへと向く。

「最近、春野先輩って雰囲気が変わったじゃないですか。伊勢谷先輩は春野先輩の変化をどう思っていますか？」

「そうだなぁ」と言いながら、顎に手を当てて考え込んだ伊勢谷先輩を見て、変なことを聞いてしまったと後悔する。

両手の人差し指をくっつけて、くるくると回しながら、彼の言葉を待つ。そんな私の不安を振り払うかのように、伊勢谷先輩は白い歯を見せて笑い、軽快に答えてくれた。

「俺はいいと思ってるぜ。昔の律が帰ってきたって感じでな。やっぱりあいつは、目標に向かって一直線に走ってる時が一番キラキラしてるよ。あいつの燻ってた感情を呼び覚ましてくれたのは市川ちゃんだ。ありがとな」

伊勢谷先輩に感謝をされてびっくりする。春野先輩も伊勢谷先輩も、気持ちを伝えることに躊躇いがない。

「いえ、感謝したいのはこっちですよ。先輩方には感謝してもしきれません」

「別に気にしなくていいって。俺たちは恩を売りたくてやったわけじゃないしな。それにしても、どうしていきなり律の変化について聞いてきたんだ？」

「い、いえ。その……春野先輩が変わったなぁって思いまして」

目を逸らしながら適当な言葉を並べて誤魔化そうとしてみるが、彼の前では無力だ。

「ははーん。なるほどなるほど」

口角を上げてニヤニヤしている伊勢谷先輩を見た瞬間、頬が熱くなるのを感じた。思わず俯いてしまう。

「俺は応援するぜ。律は危なっかしい奴だからな。市川ちゃんならあいつの傷を理解して接してくれそうな気がするし」

「うう……が、頑張ります」

どうしていきなり春野先輩のことを聞いてしまったんだろう。先程抱いた後悔の念は強まるばかりだ。数秒前の自分を殴りたい。

昔から一緒にいる友だちが目に見えて変わったら、どう感じるのか知りたいと思ってしまったのがよくなかった。

伊勢谷先輩は、春野先輩の変化を好意的に受け止めている。なら、怜佳ちゃんも少しずつ変わろうとしている私を受け止めてくれるって思いたい。

「わたくしからも一つ、質問よろしいですか？」

私たちの前方を歩いていた怜佳ちゃんが、急に立ち止まって振り返る。

「春野先輩をずっと気に掛けていたのは伊勢谷先輩じゃないですか。できれば自分で助けたいとは思わなかったんですか？」

怜佳ちゃんの口から飛び出した言葉一つ一つが、とても鋭い刃のように感じる。怜佳ちゃんがなにを考えているのかわからないけれど、良くない感情を抱いていることはわかった。

「あいつが結果的に救われるなら、別に俺じゃなくてもいいよ。それに自分が頑張れば他人を救えるなんて思う程、傲慢じゃないしな」

ポケットに手を入れながら、真剣な様子で答える伊勢谷先輩。彼の言葉を聞いた途端、怜佳ちゃんの顔がひどく歪んだ。

「……そうですか。やっぱり伊勢谷先輩はすごいですね。麻友は伊勢谷先輩がいるから大丈夫ね」

「怜佳ちゃん？」

怜佳ちゃんがにっこりと笑っている。でも、その笑顔が作りものだってことは鈍感な私でも見抜けた。

「わたくしはこれで失礼しますね」

「怜佳ちゃん！」

頭を下げた怜佳ちゃんが急に走り出した。追いかけようとすると、伊勢谷先輩に腕を掴まれてしまう。

「今はやめておいたほうがいいぜ」

「どういうことですか？」

「……それ、俺に言わせる？」

「怜佳ちゃん、思いつめてる顔をしてました！　困ってるなら聞いてあげないと！」

怜佳ちゃんの元へと走っていきたいけれど、放してはくれなそうだ。

らしくなく大声を発していた。

「はぁ～。なんか二人して今日は変な質問してくるのな。西園寺ちゃんの質問の意図はなんとなくわかる。俺も同じ立場だからな」

「同じ立場……ですか？」

「多分だけどよ。西園寺ちゃんは市川ちゃんのことを、自分の手で救いたかったんじゃあないかな」

「怜佳ちゃんが……私を？」

「そうだ。どうにかして助けなくちゃって気持ちが強かったんだと思う。でも、実際に市川ちゃんを救ったのは律だ。そこらへんに思うところがあったんじゃねぇかな」

怜佳ちゃんは親友であり恩人だ。私の窮地を救ってくれて、心の支えになってくれた。怜佳ちゃんがいなかったら、とっくの昔にダメになっていたと思う。

怜佳ちゃんなら、私の変化を喜んでくれると思っていたけれど、違ったのだろうか？

「ま、俺の言っていることが本当に正しいとも限らないしな。ただ、今はそっとしておいたほうがいいと思うぜ。西園寺ちゃんが市川ちゃんのことを大切に想っているのなら、いつかちゃんと話してくれる日がくるさ」

「そうですね。その時は、ちゃんとお話を聞いてあげたいですし、春野先輩のために伊勢谷先輩が頑張ったように、今度は私が怜佳ちゃんのために頑張りたいです」

「市川ちゃん、なんか変わった？」

「そ、そうですか？」

「なんか前よりも元気でパワーに溢れている感じがする」

やっぱり伊勢谷先輩は真っ直ぐに感情を伝えてくれる人だ。彼の言葉は嘘じゃない。

「いつか、話してくれるよね。怜佳ちゃん」

彼女が走り去ってしまった方角を見ながらぽつりと呟いた。

今日も起きてすぐにモンステラを写真に収めた。これが習慣になれば、微細な変化にも気が付けるような気がする。

いつものようにお母さんと食事をしていると、また心配そうな表情をこちらに向けてきた。「麻友は学校に行けているだけでもすごいんだからね。成績なんて気にせず楽しんできてね」なんて言われてしまった。

そんな優しいセリフを言われたって困るだけだ。私が矢部のことで困っていてもまともに取り合ってくれなかったのに、なんで今さら。

お父さんがいなくなってしまってから、お母さんが仕事を頑張ってくれていたのはわかっている。感謝してないわけじゃない。

小峰にストーキングされるようになった頃、お母さんに心配を掛けたくなくて、悩みを打ち明けなかったけど、本当は違ったのだと今ならわかる。

相談しても悩みを受け止めてもらえないかもしれないことが、恐かったんだ。

とても苦しい思いを毎日のように味わっているのに、それを無下に扱われるかもしれないと思うと、とても打ち明ける気にはなれなかった。

これで夏南ちゃんが生きていたら違ったと思う。彼女にならためら躊躇わずに助けを求められただろう。

夏南ちゃんが前に付き合っていた彼氏によって殺されてしまった事実が、私の恐怖を加速させた。私に男性の素晴らしさを伝えようとしてくれていた彼女が、男性によって命を落としてしまうなんてあんまりだ。

それでも家に籠らずに学校に通い続けたのは、意地だ。夏南ちゃんが外の世界の素晴らしさを教えてくれていたのに、逃げるわけにはいかないと思った。逃げてしまったら、彼女の思いを無駄にしてしまう気がして。

最後の希望は、犯されそうになった私を助けてくれた過去がある怜佳ちゃんだけだった。彼女になら悩みを吐露できた。怜佳ちゃんに依存していたと言っても過言じゃない。

お母さんとの朝食を終えた私は、時間通りに待ち合わせ場所に着いた。

昨日とは違い、私の歩調に合わせて移動をしてくれているけれど、思いつめた表情をしているのは相変わらずだった。

「昨日は急に帰っちゃってごめんね。気にしないでね」

伊勢谷先輩の言うことが本当だとしたら、怜佳ちゃんは私のことで悩んでいる。問題は私なのだから、「うん」と言って頷くことしかできない。

微妙な雰囲気のまま学校に着いた。

小学校の頃からの友だち。いろいろなことを共有してきた間柄。私のすべてを怜佳ちゃんは知っている。それなのに、怜佳ちゃんがとても遠い存在のように感じる。

同じ通学路を歩いて、同じ教室で勉強をして、同じ部活動をしているのに、私たちの距離はどんどん離れていく。いつもすぐ近くにいるのに、手を伸ばしても掴めないような気がした。

私の幸せに怜佳ちゃんが必要なの。怜佳ちゃんの笑顔がないとダメなの。

どうしたら怜佳ちゃんと笑い合えるのだろうか。

「これはダメですね。前にも言ったでしょう？　貴方にとって心が弾むものを題材にしなさいと。撮影をする者が楽しんでいなければ、見ている人を楽しませることはできませんよ」

写真部の部室に顧問の声が響く。指摘を受けているのは怜佳ちゃんだ。

ピアノ一筋だった彼女にとって写真撮影は難しいのか、うまくいっていない。しかも顧問に見せるたびに写真のレベルは落ちている。

このままだと文化祭に写真を展示できるかも怪しい。なにかアドバイスをしてあげたいけれど、悩んでいる怜佳ちゃんに私の言葉が届くかは微妙だ。

「……わたくしには、写真部は向いていないのかもしれませんね。いろいろと撮ってみましたけど、どれもうまくいきませんでした。申し訳ありません。これ以上は無理そうです」

普段の彼女からは、想像もできないようなセリフが飛び出した。あまりの言葉に耳を疑う。

「西園寺さん、貴方本気で言っているの？」

「はい。いろいろと手を尽くしてはみましたが、わたくしにはセンスがないようです。これ以上続けていても皆さんの足を引っ張ってしまうだけなので、辞めさせていただこうかと思います」

「そうですか。残念ですが、辞めたいと思っている人を引き止める理由もありません。どうしてもと言うなら、退部届を提出してください」

「わかりました。では失礼します」

机の上に置いていた鞄を持つと、怜佳ちゃんは早足で部室を出ていってしまう。あまりの出来事に半ば放心していた私は慌てて彼女の後を追う。

「怜佳ちゃん！」

階段を下りようとしている彼女を呼び止める。私の声に応じて、動かそうとした足を止めてくれたが、振り向いてはくれなかった。

「本当に辞めちゃうの……？」

「もう小峰もいないし、わたくしがいなくても麻友は大丈夫よね。わざわざ一緒に帰る必要ないって思ったのよ。それに、わたくしには写真撮影の才能がないみたいだから、遅かれ早かれ辞めていたわよ。これからはバイトでもしようかしら」

「嘘だよ。怜佳ちゃんは物事を中途半端な状態で投げ出すような子じゃない。やっぱり、なにか悩み事があるんだよね？　協力するよ？　私じゃあ力になれないかな？」

「……わよ」

「え？」

「ないわよ！　麻友にできることなんて一つもないわよ！」

空気を切り裂くような彼女の大声。明確な拒否。

予想以上にショックを受けていたのだろう。走っていく彼女を瞬時に追うことができなかった。

「怜佳ちゃん……！」

遅れて駆け出した私。

しつこいくらいに熱が肌にまとわりつく。少し移動しただけで汗が全身を伝う。夏の暑さにイライラしている自分がいる。

これまでは私の悩みを聞いてもらうばかりで、怜佳ちゃんの悩みを聞くことはなかった。

たとえ私のせいだとしても、怜佳ちゃんの気持ちが知りたい。

ぶつかるんだ。彼女の心へと一歩踏み出すんだ。悩みを打ち明けてくれるのを待っているだけじゃダメなんだ。

昇降口に着き、怜佳ちゃんの下駄箱を見る。まだ帰ってはいないようだ。そこからは必死に走り回って怜佳ちゃんを捜した。

私たちが普段使っている教室、女子トイレや音楽室などあらゆる場所を見ていく。

最終的に辿り着いたのは、遮るものなく街を見渡せる屋上だった。


私の名前は、お父さんとお母さんが一文字ずつ漢字を出し合って決めたらしい。『たくましく生きてほしい』という意味をこめて、『麻』という字をお父さんが。『友だちがたくさんできるように』という意味をこめて、『友』という字をお母さんがつけてくれた。

小学校低学年の頃、道徳の授業で名前の由来を聞いてみようという宿題が出されたので、両親に『麻友』の意味を教えてもらった。

純粋だった当時の私は、名前の由来を知った翌日から名前に恥じない生き方をしようと決意した。

たくましいっていうのがどういう意味なのかよく理解できていなかったので、友だちを増やすほうに情熱を注いでいたのを覚えている。

だから、当時の私には多くの友だちがいた。今では信じられないくらい活発で元気だったのもあって、クラスのちょっとした人気者だったくらいだ。だけど、外で遊ぶような子と仲良くするばかりで、物静かな子と仲良くしようとはしていなかった。

音楽の授業中、普段目立たない怜佳ちゃんが、ピアノの演奏をしてクラスメイトから注目を浴びていた。彼女にこんな特技があったのかと心底驚いた。

さっそく、音楽の授業が終わった次の休み時間に声を掛けることにした。これが、怜佳ちゃんと友だちになったきっかけだった。

怜佳ちゃんと仲良くなってから毎日が楽しくなった。読書をしている彼女の元に、休み時間のたびに話しかけに行くようになった。

最初はおどおどした様子で会話をしていた怜佳ちゃんも、日が進むにつれて声を大きくして喋ってくれるようになった。

怜佳ちゃんからお薦めの本を聞いて読んでみて、お話の感想を語り合ったりした。小さな声で話すことが多い怜佳ちゃんだけど、本について語っている時だけはいつもより大きな声でやたらと饒舌になるのが面白かった。

いつも一人で過ごしている怜佳ちゃんを休み時間に無理矢理校庭へ連れ出し、クラスメイトと鬼ごっこやドッジボールをしたりした。最初は運動をすることを渋っていた彼女も、次第に嫌がらなくなった。

ただ、怜佳ちゃんの両親が教育熱心で放課後に友だちと遊ぶ約束ができなかったのもあって、どうしても皆と深い関係に発展することはなかった。本人も仲良くなることを諦めている節があった。

それでも私は彼女と関わることをやめなかった。せめて学校にいる間だけでも彼女と仲良くしようと思っていた。

そんなある日、怜佳ちゃんの通うピアノ教室で年に一度行われる発表会に、私を誘ってくれた。

怜佳ちゃんの演奏する姿は、音楽の授業で披露してくれた一回しか見たことがない。あの感動をもう一度味わえるかもしれないと思うと、自然と胸が高鳴った。

発表会が行われるコンサートホールへと、お父さんに連れていってもらった私が最初に見たのは、ドレスを着た同い年くらいの女の子たちの姿だった。思わずごくりと唾を飲んだのを覚えている。

普段とはまったく違う姿、醸し出されるピリピリとした雰囲気。見にきている観客たちの顔はにこやかなのに、演奏者たちの顔はまったく笑っていなかった。

真剣なのだ。練習の成果を発揮する場に彼女たちは臨んでいる。ただ好きなように絵を描いてお父さんに褒めてもらう私とは違う。他者と競ったり、他者から厳しい目を向けられる環境に、怜佳ちゃんは身を置いているのだと知った。

怜佳ちゃんの演奏の順番がやってきた。ピアノへとしっかりとした足どりで向かう彼女の姿を目にすると、自然に感嘆の息が漏れていた。立ち振る舞いがほかの子たちとは明らかに違う。

そう、綺麗なのだ。無駄がないというか、流れるようにすべての所作が行われる。私たちに向かってお辞儀をする姿さえも品があった。

息を呑む。これから音一つないこの静かな空間に、彼女の心が音色となって響き渡るのだと思うとワクワクせずにはいられなかった。

静かに、されどダイナミックに。体全体を使って奏でる怜佳ちゃんの姿は、衝撃の一言だった。真剣に取り組む彼女の姿をかっこいいと思った。

学校で一緒に過ごしているだけでは絶対に知り得ない姿。これが西園寺怜佳の本当の姿なのだ。

なにより私の目を引いたのは、彼女の表情だった。汗だくになり、息が荒くなっているのにもかかわらず、彼女の笑顔が崩れることは一度もなかった。むしろ、演奏が進むにつれて笑みが大きくなっているようにさえ感じた。

彼女は心底、演奏を楽しんでいる。怜佳ちゃんが感じているときめきを音に乗せて、私たちを魅了しているのだ。

「綺麗……」

感動を口にせずにはいられなかった。怜佳ちゃんの演奏が終わっても熱が冷めることはなく、頭の中で何度も何度も演奏風景が反芻される。

全員の発表が終わった後、興奮した様子の怜佳ちゃんが私の元にやってきた。

「麻友ちゃん！」

「怜佳ちゃん！」

今とは違い、まだ「ちゃん」をつけて呼んでくれていた怜佳ちゃん。私の彼女への呼称は、この頃からまったく変わっていない。

「すごかったよ。うまく言葉に表せなくてごめんだけど、とにかくすごかった！」

「ううん。褒めてくれてありがとう。麻友ちゃん、見にきてくれてありがとう」

「私のほうこそ誘ってくれて嬉しいよ。普段とは違う怜佳ちゃんが見られてとっても楽しかったよ！　またこういう機会があったら呼んでほしいな！」

「うん。もちろんだよ。麻友ちゃんだったら、いつでも歓迎するよ！」

二人で両手を繋ぎながら、喜びを伝え合った。ぴょんぴょんと一緒に跳ねて気持ちを分かち合う。とにかく興奮しっぱなしだった。

それから怜佳ちゃんが演奏を披露する機会があるたびに、私は会場へ足を運んだ。

「見ててね、麻友ちゃん。必ずわたくしが素晴らしい演奏をするからね。今度の発表会、絶対に見にきてね！」

私と二人きりの時は、クラスの皆には絶対に見せないような表情をしてくれることが増えた。

特に、にっこりと笑う怜佳ちゃんを見られると嬉しくなる。そういう表情を浮かべる時は、たいていピアノの腕が上達してうまくいっている時だ。本当に真っ直ぐな気持ちでピアノに臨んでいるんだなと感心するばかりだ。

怜佳ちゃんの頑張りに比例するように、彼女の両親が求める水準も高くなった。私と遊ぶことだけは許してくれるようになった怜佳ちゃんの両親だったけど、怜佳ちゃんは練習漬けの毎日を送るようになってしまった。

慌ただしい生活だったのはお互い様だった。ちょうどその頃、お母さんが矢部と結婚した。

お父さんが交通事故で亡くなって以来、お母さんの表情からは笑顔が消えていたから、お母さんが幸せになって笑顔が増えるなら結婚してもいいと思って反対しなかった。

でもそれが間違い。欲望に満ちた矢部の瞳が怖かった。舐めるような視線に身の毛がよだった。やたらと多いボディタッチに顔が強張った。お母さんの幸せのためだと、最初は我慢していたのが良くなかったのかもしれない。彼の行為は徐々にエスカレートしていった。

自分の選んだ第二の夫が、そんなことをするはずがないと思っていたのだろう。結局、助けを求めてもお母さんは取り合ってはくれなかった。どうすることもできないまま時が過ぎ、彼の強姦未遂事件が発生した。

私は怜佳ちゃんに救われた。体を汚される前にことなきを得た。だけど、心の傷までは防げなかった。粉々になったガラスみたいに破片と破片が再びくっつくことはなく、心に開いた穴は塞がらない。

そんな私を見た怜佳ちゃんは、夏南ちゃんとは違う方法でその穴を埋めようとしてくれた。

「大丈夫。わたくしがいるから大丈夫よ。苦しくなったらわたくしの演奏を思い出しなさい。これからは麻友にエールを送るつもりで演奏をするから」

怜佳ちゃんの音楽への取り組み方が変わってしまったのは、きっと私のせい。私を元気にしようと必要以上に頑張ってしまった。

どれだけ私がすごいと言っても『こんな演奏じゃダメだ』と常に自分を追い込むようになってしまった。フォーカルジストニアになってしまったのも、おそらく——

過去を振り返りながら走っているうちに、怜佳ちゃんの前に辿り着いていた。

「はぁ……はぁ……捜したよ、怜佳ちゃん」

金網の前に立つ怜佳ちゃんの背中に声を掛ける。私がきたことはわかっているはずなのに振り向いてくれない。いったい彼女は、どんな表情をしているのだろう。

「どうしてきちゃったのよ、麻友」

いつもと変わらない喋り方だけど声のトーンは低かった。

「今追いかけなかったら、怜佳ちゃんが遠くに行っちゃうような気がして」

「わたくしが遠くに？　どうして？」

「わかんないけど、居ても立ってもいられなくなっちゃったの！」

「わたくしは大丈夫よ。だから一人にしておいて頂戴」

「大丈夫ならこっちを向いて話してよ。何度だって言う。悩みごとがあるなら相談に乗るよ？　怜佳ちゃんに助けてもらってばかりだもん。協力するよ」

「麻友は優しいのね。いいのよ、これはわたくしの問題なんだから」

「よくない！　それを言ったら矢部の件も小峰の件も全部私の問題だったよ。でも私のために怜佳ちゃんは親身になって協力してくれた。今度は私の番。私じゃあ力になれないかな？」

「さっきも言ったでしょう？　麻友じゃあ力になれないわよ」

怜佳ちゃんの肩が震えだしたのと同時に、金網を掴む手に力がこもっていることに気が付く。私を明確に拒絶する怜佳ちゃんなんて初めて見る。普段と違うからとても怖い。けれど、ここで踏み出さなくちゃ友だちじゃないよね。

「私、なんだって協力するよ？　だから教えてほしい」

「じゃあ春野先輩のことを好きな気持ち、忘れて？」

予想外の言葉に硬直している自分がいた。

「な、なにを言っているの？　怜佳ちゃん」

声を震わせながら問いかける。

「ほら、できないでしょ？　麻友じゃあわたくしの力になれない」

「ど、どういうこと？　怜佳ちゃんも春野先輩のことが好きだったの？」

狼狽えながら発した問いかけがよくなかったのか、怜佳ちゃんが振り向いて睨んできた。

「違うわよ！　ああ、もう。だから一人にしておいてって言ったのに！　惨めな姿を麻友にだけは見せたくなかったのに！」

私を睨みながら泣いていた。どんな言葉を投げかければいいのかわからない。

「もう終わりね、わたくしたち」

「終わり？　どういうこと？　怜佳ちゃんと仲良くできないのなんて嫌だよ」

「わたくしは麻友が思っている程、素晴らしい人間じゃないのよ。わたくしの気持ちを知ったらきっと幻滅しちゃうわ」

「幻滅なんてしない！　そんなこと絶対にしないよ。だから聞かせて？　怜佳ちゃんのこと」

怜佳ちゃんはしばらくの間、無言だった。彼女が言葉を発してくれるのをひたすら待ち続ける。やがて観念したのか口を開いてくれた。

「小学生の頃、両親が教育熱心で友だちと遊ぶことが許されなかったのは覚えているわよね。麻友が声を掛けてくれなかったら、わたくしはクラスで浮いたままだったと思う。友だちが多くて皆から慕われている麻友のおかげで、孤独から抜け出せたの」

不意に語られる昔の話。そこにいるのは自分の名前に向き合うことに熱心だった頃の私。

「ピアノが上手でも嬉しくない。もっと友だちと遊びたい。日頃抱えていたわたくしの願いを麻友が叶えてくれた。とっても嬉しかった。目をキラキラさせながら話しかけてくれた麻友を昨日のことのように思い出せるわ」

「それがどう春野先輩の話と繋がるの？」

「……これからわたくしは、麻友にとってひどいことを言うわね」

そう前置きした怜佳ちゃんの顔はひどく歪んでいた。

「麻友は矢部に犯されそうになったせいで男性不信になった。口数も少なくなって、たくさんいた友だちとも疎遠になって、わたくしにだけ心を開いてくれるようになったわよね。それがとっても嬉しかったの」

「え……？」

矢部に押し倒されたあの日。私の体に意識のすべてを注いでいた彼は、背後からやってきた怜佳ちゃんに気が付かなかった。野球で使うバッドを持ちながら放った渾身の力をこめたスイングは、矢部の意識を奪うことに成功した。

　涙を流しながら怜佳ちゃんに抱きついて自分の無事を喜んだ。優しく頭を撫でながら、背中をさすってくれる怜佳ちゃん。あの時の温もりを今でも覚えている。

「麻友にはいっぱい友だちがいたけれど、わたくしには麻友しかいなかった。独り占めしたいってずっと思ってた。そしたら本当に麻友がわたくしに依存してくれるようになったの。わたくしが麻友を助けたから無条件で信用してくれるようになった。わたくしの言葉なら深く考えずに頷いてくれるようになった。それがたまらなく嬉しかった。ずっと男性を苦手なままなら、誰のことも好きにならないでいてくれる。わたくしだけを見てもらえる。そう思っていたの」

　大きな声で喋る怜佳ちゃんから、悍ましさのようなものを感じる。気が付けば後ろに一歩退いていた。

「中学校から高校に進学する時、最初に女子高を選んだのもそう。ストーカーに麻友が頭を悩ませていても、頑なに協力者を作ろうとしなかったのもそう。全部、麻友が欲しかったからなの。男子に告白されても嬉しくなかった。ピアノが演奏できなくなろうとも構わなかった。麻友がわたくしの隣にいてくれるなら、ほかにはなにもいらなかったのよ。わたくしは麻友が好き。大好きなの」

　怜佳ちゃんが大好きだ。とても大切な親友だと思っている。でも、私の好きと怜佳ちゃんの好きは違う。私が春野先輩に対して抱く好きと同じ気持ちだったんだ。

「麻友は変わっちゃった。春野先輩に助けられてからどんどん前向きになっていった。明るくなって、小学生の頃の麻友に戻りつつあるのがわかった。それだけでもわたくしにとっては苦しいのに、まさか麻友が男の人を好きになるなんて思いもしなかった。ねぇ、最低でしょ？　伊勢谷先輩みたいに親友の成長を喜べないのよ。素直に祝福できたらいいのに、変わらないでほしいって思ってしまうの」

　そっか。怜佳ちゃんは私のことをそういう風に思っていたんだ。

「麻友が春野先輩を頼っているのが嫌だった。麻友が心を開いていくのを見るのが辛かった。皆、嫌い。麻友と仲良くなる人、皆大嫌い！　でも、一番嫌いなのは自分よ。麻友が小峰に攫われた時、なにもできない自分が嫌だった。麻友のためならなんだってできるって思ってたのに、結局春野先輩たちに頼ることしかできなかった。ずっと麻友を独占することばかり考えてた自分が大嫌い。下心で貴方と接していたのよ。幻滅したでしょう？」

「幻滅なんてするわけない！　怜佳ちゃんがどんな気持ちを抱いていようとも、私が救われた事実は変わらないよ。私のことを好きになってくれてありがとう。ずっと私のことを見ていてくれたんだね。好きな気持ちを隠して接するのは、とっても苦しいし辛かったよね」

　隠し続けた感情が今、怜佳ちゃんの中から溢れ出している。

「こんなわたくしを嫌だって思わないの？」

「どうして？　怜佳ちゃん、悪いことなにもしてないよね？」

「麻友を独占しようとしてたんだよ？　麻友の一番側にいたのに、救えなかったんだよ？　それなのにどうして？」

「私のことを救えなかったなんて本気で思ってるの？　私、怜佳ちゃんがいなかったらここまでこられなかったよ。怜佳ちゃんがいてくれたから、こうして笑えているんだよ」

「怜佳ちゃんの演奏が、私に力を与えてくれたの！　頑張ろうって思える活力になったの！　怜佳ちゃんなりの応援が、私を前に進ませてくれたの！」

「やめて！　わたくしはそんなにすごくない。ただ親に言われたことだけをこなしてきた人形みたいな存在なのよ！」

　怜佳ちゃんは優等生で品行方正。皆の憧れの的。

　期待。称賛。栄誉。目が眩む程の輝かしい人生を送ってきた。

　日陰者の私とは正反対。日の光を浴びて生きてきたはずなのに、これっぽっちも嬉しくなさそうだった。

「救われたんだよ？　すごいって思ったんだよ？　私の言葉じゃあ足りないのかな」

「そうじゃない。麻友が褒めてくれるのはとても嬉しいわ。でもわたくしは好きでやってたわけじゃない。ピアノをここまで続けてこられたのは、麻友がわたくしを褒めてくれたからよ。演奏がうまければ好きな人に振り向いてもらえる。羨望の眼差しを向けてもらえる。好きな人に振り向いてもらえないなら、ピアノなんてやってたって意味ない！」

同じだと思った。お父さんが亡くなっちゃってから、大好きだったお絵描きをしなくなった。私もお父さんの褒めてくれる言葉を聞きたくて描いてたから。

「怜佳ちゃん……」

汗を流して息を切らしながらも、満面の笑みで演奏をする怜佳ちゃんを覚えている。観客たちの拍手に包まれて朗らかに笑う姿が、私の心を掴んで離さなかった。

色覚異常になる前の私が見ていた煌びやかな光景。これでもかと言う程眩しくて輝いていた。

「怜佳ちゃんを尊敬して見てたよ。ひた向きにピアノを頑張ってたよね。そんな怜佳ちゃんだったからこそ、私にとって綺麗なものの象徴になったんだよ？」

この世に見えるものすべてから色が抜け落ちた時、心は死んでいた。

楽しむことを忘れて、希望を見出すことを諦めた。

感情が動かなくなって、生きているのに生きていないような心地を、常に味わっていた。

でも、水のない砂漠に現れたオアシスのように、灰色の人生に彩りを加えてくれたのが怜佳ちゃんの音楽だった。熱意に感化されて、枯れていた心に水を与えられた気がした。

春野先輩が夏南ちゃんを失って心が沈んでしまったように。

私が矢部に犯されそうになって心が動かなくなったように。

怜佳ちゃんは人々から与えられた重圧によって、好きを見失ってしまった。

「怜佳ちゃん。もう私のために頑張らなくていいよ。これからは自分のために生きていいの。ありがとう。生きる導になろうとしてくれていたんだよね。だから、手の病気になってしまった時も、なんでもないことのように振る舞ってくれたんだよね」

こんな風に、怜佳ちゃんと腹を割って話すなんてこと今までなかったと思う。常に一緒にいるのに、心の表面をなぞるだけの会話しかせず、深くまで踏み込むような真似はしなかった。

「違う。違う！」

首を振る怜佳ちゃん。必死に嘘を貫き通そうとしている。

私のために頑張ってくれた怜佳ちゃんには感謝しかない。彼女を知れば知る程、貰った愛の大きさを知る。

「麻友がわたくしをそういう目で見てないのはわかっていたし、受け止めてもらえないのなんて承知の上だったのに！　本当はずっと告白なんかしないで、片思いのままでいるつもりだったのに！」

頭を両手で抱えながら、大量の涙を流す怜佳ちゃん。こんな風に取り乱す姿を初めて見る。ずっと弱い面を見せずにいてくれたんだ。

私は一歩、前に踏み出す。歩き出したらもう怖くない。怜佳ちゃんに近付いていく。

そして、ぎゅっと抱きしめた。

「怜佳ちゃん、これからも私の側で見ててほしいの。変わっていく私の姿を一番近くで！」

「ねぇ、わかってる？　それってわたくしにとって一番残酷な言葉なのよ？」

「うん。怜佳ちゃんの気持ちに応えられないのは本当にごめん。私、どうしても春野先輩のことが好きなの。怜佳ちゃんのことが好きって思うのとおんなじくらい大好きなの」

「あああ……麻友、麻友！　ずっと大好きだったよ」

「うん。私もずっとずっと大好きだよ」

私たちの『好き』は噛み合わない。本当の意味では理解し合えない。

それでも理解しようと努力することはできる。

力の限り抱き合う。私を包み込む腕から、彼女の気持ちが痛いくらい伝わってくる。

「明日からはいつものわたくしに戻るから、今だけはこうさせて」

「うん。いいよ」

私の胸に顔を埋めて嗚咽する怜佳ちゃん。

いつもの大人びた姿はない。彼女の頭を撫でながら空を見上げる。

空に色はないけれど、煌々と照らす太陽の日射しがいつもより眩しく感じた。

いつしか白黒の世界に色を宿せる時がくるだろうか。空をもっと綺麗だと思えるようになるだろうか。

自分色に染まった私を見せることが恩返しになると信じて頑張ろう。

将来、私は何色になるのだろうか？　私が心を彩りたい色は何色だろうか？


ひとしきり泣いた怜佳ちゃんは、「少しの間、一人にさせてほしい」と言って屋上から校舎内へと戻ってしまった。彼女に掛ける言葉が見つからなかった私は、ただ頷くことしかできなかった。

本当に写真部を辞めてしまうのだろうか？　一緒にこれからも活動してほしいとは言えなかった。私のために無理をしてきた彼女を、この先も付き合わせるわけにはいかないと思ったから。

できることならこれからは、ピアノを私のためではなく、自分のために弾いてほしい。最初はただ好きだったから弾いていたはずなんだ。演奏会で発表していた時の笑顔が、彼女の好きを物語っている。

長い間、私は怜佳ちゃんに甘えてきた。怜佳ちゃんが私に悟らせないようにしていたとはいえ、親友の苦労や悩みにまったく気が付いてあげられなかった。

原因はわかっている。いつも自分のことばかりを考えていたせいだ。お父さんや夏南ちゃんの死をきっかけにして、当たり前に思えるものがこれからも存在し続けるわけではないことをわかっていたはずなのに。

それでも私は、怜佳ちゃんが側にいてくれると信じて疑わなかった。無遠慮に彼女の重荷になっていた。

怜佳ちゃんと別れた私は、図書室に移動していた。今は、写真部の部室に戻る気にはなれなかったからだ。

数学の教科書やノートを広げてみたけれど、まったく集中できない。仕方がないから、背もたれに体を預けて、天井の電気を見上げる。なにも考えないようにしたくても、怜佳ちゃんの涙を思い出してしまう。

体が重い。倦怠感が全身を支配している。いつまで経っても胸の苦しみは取れない。

怜佳ちゃんに春野先輩のことを好きだと相談した時、彼女はどういう気持ちで私の言葉を聞いていたのだろう。

あの時の私は、誰かに愛されることは嬉しいことだらけだと思っていた。愛があれば、悲しみや不幸なんて起こらないはずだって。

現実は違う。他者を想っていてもすれ違ってしまうことがある。恋は甘いだけでなく、苦い側面もあるということを知った。

夏南ちゃんが亡くなってからも一途に愛し続けている春野先輩のすごさを、再認識する。

想いが届かないとわかっていても想い続けることが、どれだけ大変なことなのか今ならわかる。親が子へ向ける無償の愛とも違う。故人を愛することはそれ以上に難しいものなんだ。

それを自覚した時、全身を恐怖のようなものが襲った。春野先輩に恋心を伝えることの恐ろしさを感じる。

恋が実るとか実らないとか、そんな次元の話ではなかった。春野先輩から、夏南ちゃんよりも大きな愛を向けられる存在に、私はならなくてはならない。

私に好きと言われても嬉しくないかもしれない。むしろ――

『初めての気持ちだからちゃんと伝えたいんだ』

怜佳ちゃんに春野先輩のことが好きだと伝えた時は、自信たっぷりだった。数日前の自分の言葉が、浅ましく思えてくる。

春野先輩に好きだって伝えてもいいのかな？　私に彼を愛する資格なんてあるのかな？

頭がぐちゃぐちゃになって、涙が溢れてくる。胸の痛みは増すばかり。受ける愛だけが大きくなって返してあげられない。

「怜佳ちゃん、春野先輩、伊勢谷先輩、私はどうやったら愛を返せるの？」

天井からノートに目を移し、目当てのページを探そうとぱらぱらと紙をめくる。私がかつて描いたチューリップを見つけて、春野先輩と下校した風景を思い出す。

彼を想うだけで頬が緩んだが、それは一瞬のことだった。文化祭に展示する写真のことを思い出し、溜息が出る。着色が得意じゃないから写真部にしたのに、うまくいかないことばかりだ。

「あ、いたいた」

図書室の扉が開く音がしてノートから顔を上げると、春野先輩がこちらへやってきていた。

私の緊張が一気に高まる。前髪を押さえながら俯いてノートを凝視する。なにを話したらいいのか、どんな対応をしたらいいのか、わからなかった。

「市川さん、大丈夫？」

「え？」

急に私を心配する言葉が出て、びっくりする。思わず春野先輩を見つめてしまう。

「さっき、屋上に市川さんと西園寺さんがいるのが見えたから気になっていたんだ。なにか言い合いをしていたみたいだったから、心配で」

「そうだったんですか。春野先輩もなにか屋上に用があったんですか？　階段を上がって扉の前まで行かないと屋上の様子って見えないですよね？」

「あ、ああ。ちょっとね。とにかく、気になっていたところにちょうど落ち込んだ様子の市川さんが図書室にいたから声を掛けてみようかなって思ってさ。なにか困っていることがあって、俺にできることがあるなら手伝うよ」

「心配しないでください。怜佳ちゃんとちょっとした喧嘩みたいになっちゃっただけですから」

笑って誤魔化（ごまか）そうとした。いつもみたいに頭を掻きながら、笑顔を作る。

春野先輩はとても優しい。きっと心の底から心配してくれているんだろう。

喧嘩は私が春野先輩を好きになったことで起きてしまったなんてこと、言えるはずがない。

「そっか。もしなにかあったら言ってよ。協力するからさ。市川さんのおかげで絵が描けるようになったんだし、お礼がしたいんだ」

「ありがとうございます」

私は春野先輩が好きだ。いつでも真っ直ぐに頑張っているところが大好きだ。

怜佳ちゃんや伊勢谷先輩とは違って不器用なところもあるけれど、迷いながらも前を向けるところが大好き。彼が側にいるだけで、気持ちがたくさん溢れてしまう。

「写真部の活動、頑張ってるみたいだね」

「え？」

「最近、市川さんが熱心にカメラを構えている姿をよく見かけるから、頑張ってるんだな～と思ってね」

「そ、そうですか？　ありがとうございます。それにしても、私たちのことを心配して図書室にきてくれるなんて、大丈夫なんですか？　今は美術部の活動中なんじゃあ……」

「うん。すぐに戻るつもりだよ。でもその前に、市川さんと一緒に絵を描いて息抜きをしようかと思っているんだ」

「絵、ですか？」

春野先輩が、クレヨンが入っている箱をテーブルの上に置くと、私のノートを指さしてきた。

「ずっと前に市川さんが描いたチューリップの絵。あれに色を塗ってみない？」

春野先輩の発言に目を丸くする。

「これは俺の我儘を押しつけているだけかもしれないけど、絵が描けるようになってからさ、とっても世界が輝いて見えるようになったんだ。俺と同じ気持ちを市川さんにも味わってほしいなって思ってさ。嫌じゃなかったら、やってみない？」

色をつけると変な感じになってしまうと言った私の言葉を覚えていたのだろうか？急にクレヨンを使って色を塗ることを提案してくるなんて。

最近の私は色が欲しいとか、皆と同じ明るい世界が見たいとか、そんな風に願うことさえしなくなっていた。色のない世界に慣れきってしまっていたんだ。色を塗って絵を描くことができたら、少しはなにかが変わるのだろうか？

「はい。やってみたいです」

「よし。じゃあ、市川さんはこのチューリップにどんな色を塗りたい？」

「え？　春野先輩と一緒に見たのって、赤色や黄色なんですよね？」

「そうだね。でも、絵だよ？　市川さんが作りたいチューリップでいいんだよ？　創作って自由なんだから」

思わずハッとする。固定観念に縛られていた。お父さんが生きていた頃は好きなように描いていたはずなのに。

「まずは好きなように描くことから、じゃない？　楽しいって思えたらきっと、無限にインスピレーションが湧いてくるよ」

「そ、そうですよね！　う～ん。どんな色がいいかな～？」

顎に人差し指を当てながら、自分に問いかける。

「その……虹みたいに七色のチューリップを描いてみたいです」

「じゃあそうしよう！　いいじゃん」

「はいっ！　描いてみますね」

久々のクレヨンの感触。白で埋め尽くされていた花びらに、明暗がつけられていく。春野先輩が渡してくれるクレヨンを手に取って、ただひたすらに空いている部分をなぞっていく。

「ふふ」

自然と笑みが零れてしまう。どんなチューリップになっているのかわからないけれど、絵に色をつけている事実が、やけに心を弾ませる。

ああ、そっか。小学生の頃の私は、自分を曝け出すことにためらいなんてなかった。悩んだりせず、ただ純粋に思ったことを口にしていた。

自由に生きていたからこそ、なにもかも色とりどりに見えていた。

経験値は今よりずっと足りないのに、知識も今よりずっと浅いのに、悩むより先に行動できていた。

世界が狭かったから？　井の中の蛙だったから？

ううん。きっと違う。あの頃だって悩んだり、苦しむようなことはあった。

それでも自分を卑下することなんてなかったよ。

肯定してくれるお父さんがいたからなのは大きいけど、それだけじゃない。

発想が自由だったから、常に前向きでいられたんだ。

「楽しい。私、楽しいです！」

「そっか。良かった」

描き終えるたびに、新しいクレヨンを渡される。それが何色なのかはわからない。

でも、きっとそれでいい。本当は何色でもいい。

好きなように描いていいんだから。正しさなんて求めなくていいんだ。必要なのは楽しさ。

「私、春野先輩がくるまでいろいろなことで悩んでいたんです。解決は全然していませんけど、今はスッキリした気分なんです。なんででしょうね」

「それはきっと市川さんが明るくなったからじゃないかな？」

「明るくなったから……ですか？」

「今の市川さん、にこにこしているよ。市川さんもわかりやすいね」

「なっ！　春野先輩にだけは言われたくありません！」

「ははは、わかりやすい者同士仲良くしようよ」

「確かにわかりやすいかもしれませんけど、春野先輩程じゃあありませんからね！」

「五十歩百歩って知ってる？」

「知ってますよ！　春野先輩の意地悪！」

ちょっとだけ自分を出してみてもいいのかな。春野先輩には何度も救われる。

「できましたよ、春野先輩！」

私の絵を見て春野先輩が笑う。きっととんでもないチューリップが完成したのだろう。

「市川さんにも、このチューリップのすごさが伝わればいいんだけどなぁ」

「今はわからなくてもいいです。色覚異常が治った時の楽しみが一つできましたから！」

私との色塗りが終わった春野先輩は美術室へ戻ることになった。もっとお話がしたいと思うけれど、ぐっと堪えて図書室の入り口まで一緒に歩いていく。

手を振って去っていく春野先輩。彼の背中を見つめながら先程までの出来事を思い返す。話していたのは二十分にも満たない短い時間だったのに、とても濃厚に感じた。

もっと自由でいいんだ。悩んでばかりいちゃダメだ。いつまでも立ち止まり続けるわけにはいかない。

貰った愛が大きいなら、これから返していけるような存在になればいいんだ。

私がどんな人間なのかを春野先輩に知ってもらおう。そうすれば、好意を抱いてくれるかもしれない。知らなくちゃ、恋は始まらないんだから。

今まで瞳に色が戻らなければ、世界の見え方は良くならないと思っていた。春野先輩に創作は自由だと教えてもらってから、考えが少しだけ変わる。色がなくても、世界の見方を良くすることはできる。

「今まで私はなにを見て感動してきたんだっけ？」

嫌なことばかり覚えていた。絶望することに慣れてしまっていた。

楽しかった記憶や、幸せだと感じた思い出をすぐに引っ張り出せない。

きっと、私は自分で自分を不幸にしていた。

『変わり映えのないように思える毎日でも、一つとして同じ日はない。だから一瞬一瞬を大切に切り取るんだ』

お父さんがカメラを構えながら教えてくれた懐かしい言葉。

そっか。変わり映えのない毎日なんてないのに、同じだと思い込んでいたのか。どうせ明日も同じだろうと諦めていたんだ。

自分が変わってすらいないのに、明日が変わることを望むなんておかしいよね。

文化祭は九月。夏休みがあるとはいえ、そんなに時間は多くない。一刻も早く良い写真を撮れるようにならなくちゃ。

「麻友」

筆記用具やノートを鞄にしまって図書室を出ると、怜佳ちゃんが廊下に立っていた。

「怜佳ちゃん！」

「春野先輩と二人で楽しめたかしら？」

「うん。楽しめたよ。そんなことより、その……大丈夫なの？」

「ええ。いろいろと考えてみたけど、麻友のことが好きって気持ちはそう簡単に捨てられそうにないし、春野先輩のことが好きな麻友にモヤモヤしちゃうと思う。でもね、写真部続けようと思うの」

「えっ！」

「なにを驚いているのよ。まだ手は治ってないし、簡単な曲すら弾けないし、ピアノに戻るのは早いってだけよ。はじめたのは自分なのに、途中で放り投げるのはかっこ悪いしね」

「怜佳ちゃん……」

すごいな。私は春野先輩のおかげで頑張ろうって思えたのに、怜佳ちゃんは自分の力で前向きになっている。ずっと一人で、こうやって乗り越えてきたんだ。

「小学校に撮影許可を貰いに行こうと思うの」

「え？」

「これから夏休みになるでしょ？　文化祭で展示する写真がまだまだ足りないから、休みの間に撮りに行こうと思ってね」

　怜佳ちゃんが廊下の窓から空に浮かんでいる入道雲を見上げる。セミの鳴き声がどこまでも響く中、彼女は無理に明るく振る舞っている。

「まぁ、まずは顧問に謝りに行かないとだけどね。辞めるなんて言っちゃったんですもの」

「で、でも！　どうして小学校を選んだの？　撮影スポットならいくらでもありそうなのに」

　指を折りながら、やらなくちゃいけないことを数える怜佳ちゃん。彼女を見ていると、どんどん心が痛くなる。

「過去をもう一度振り返ろうと思って。そうしたら、自分の好きを見つめ直せる気がするから。あ〜あとは、春野先輩をどう遊びに誘うかも肝心ね」

　ポンと手を叩いて、今思いついたみたいなリアクションをする怜佳ちゃん。自分のことよりも、私のことを話そうとしてくれる。

「急に春野先輩と二人きりで遊ぶ約束をするのは、向こうにも警戒されちゃうから、わたくしや伊勢谷先輩を含めて四人で遊ぶのがいいでしょうね。幸い麻友の恋心を伊勢谷先輩はわかってくれているみたいだし、協力してもらうことはできそうね。けど、問題なのは先輩方にとっては最後の部活動になるって点ね。春野先輩は何枚か絵を描かなくちゃいけないみたいだし、伊勢谷先輩も大会に出場するでしょうし。いくら夏休みだからといっても約束を取りつけるのは難しいかもしれないわね」

私がまじまじと見つめていると、こちらの視線に気が付いた怜佳ちゃんが、小さく笑う。

「なによ？　わたくしが麻友の恋を応援しているのがそんなに不思議なわけ？　麻友の側にいるって決めたんですもの。背中を押すに決まってるじゃない」

とても良い友だちを得たなと改めて思う。本当に感謝でいっぱいだ。こんなにも素敵な人に私は好きって言ってもらえたんだ。

「うっ……ひくっ……」

気が付けば、涙で頬が濡れていた。苦しいのは怜佳ちゃんのほうなのに、どうして私が泣いているんだ。堪えようとしても止めどなく溢れてくる。

「ちょっ、なんで麻友が泣いているのよ」

「そうだよね。うん。ごめんね」

私は多くの人に支えられてきた。本当にたくさんの愛を貰ってきたんだ。

「本当に気にしなくていいのよ。ずっと麻友に恋ができて幸せだったから。その代わり、ちゃんと春野先輩に告白すること！　土壇場になって日和ったりしたら許さないんだから！」

「わかってるよ。ちゃんと想いは伝えるから」

涙を拭いて怜佳ちゃんをじっと見つめる。もう逃げたりなんかしない。

「じゃあ話もまとまったし、そろそろ顧問のところに行こうと思うんだけど……不安だから一緒に来てくれないかしら？」

「そんなのお安い御用だよ！」

二人で手を繋ぎながら写真部の部室へ戻った。部屋に入ると、皆の視線がいっせいに注がれる。写真を見ていた顧問が顔を上げ、射貫くような瞳を向けてきた。

視線と共に圧を感じたのだろう。私の右手を握る怜佳ちゃんの手が、少しだけ強くなった。彼女の表情を窺うと、口をつぐんだまま難しい顔をしている。落ち着いてはいるけれど、普段のような気の強い雰囲気は微塵も感じられない。

「西園寺さん、どうかされましたか？」

「先程はすみませんでした。うまくいかない焦りから失言をしてしまいました。わたくしは麻友が入りたがっているからという理由で、この部活を選びました。撮影に興味があるわけでも好きなわけでもなかったんです。でも……瞬間を切り取ろうと四苦八苦する麻友を見ていて気付いたんです。何気ないって思っていた景色にも、美しいものはたくさんあるんだって。見ようとしていなかったから、輝きが見つからなかったんだって」

「あ……」

私の口から声が漏れる。

怜佳ちゃんの瞳が、窓から射す光に照らされてキラリと輝いていた。

反射した白。眩いくらいの白が私の心を掴む。

「もう一回、わたくしにチャンスをくれませんか？　ちゃんとわたくしが美しいと思えるものを撮影します。お願いします！」

「そうですか。ならば、納得のいくものを必ず提出してみせなさい」

「はい！」

「一つ西園寺さんにアドバイスをしましょう。貴方は先程、何気ない景色にも美しいものはあると言いましたね。それは正しいです。芸術とは普遍的な物事を独創的な視点や感性で、唯一無二の価値を持つものへと昇華させることを指します。貴方が嫌っているもの、遠ざけているものも当然、輝きを持っています。見方を変えるだけで、誰かの心を揺さぶることができるようになるかもしれませんよ」

好意的に感じているものを美しいと伝えることは、簡単かもしれない。けど、嫌っているものを美しいと伝えるのは、とても難しいことだろう。顧問が言う見方を変えるっていうのは、色眼鏡を外して世界を見てみるってことなんだ。

「麻友。意固地なわたくしにできるかしら？　世界の見方を変えるなんてこと」

「できるよ。だって長い間、私の白黒を担ってくれた人だもん。きっと怜佳ちゃんにしか撮れない一枚があるよ！」

怜佳ちゃんの手を、強く握り返す。

「もう……今まで後ろ向きだった麻友が、前向きだと変な感じがするわね。先生、探してきます。わたくしの美しいものを」

「ええ。西園寺さんがどんな心を見せてくれるのか楽しみにしていますよ」

先生に頷いた怜佳ちゃんは、私を引っ張って部室を出ていく。憑きものが落ちたみたいに笑顔を咲かせながら歩き出す彼女に安堵する。

その日から私たちは、写真部の活動に全力を注ぐようになった。何度リテイクを貰っても、めげずに向き合い続けた。

一日の流れが早く感じる日が増えた。いつもあっという間に空が暗くなっている。そんな日々を過ごしているうちに、夏休みに突入してしまった。怜佳ちゃんと会う機会が減り、一人で頑張らなくてはならなくなってしまった。

怜佳ちゃんから届いた進捗を報せるメッセージによると、小学校で自分を見つめ直してピアノに対する気持ちに整理をつけたことで、演奏が好きだと思えるようになったらしい。その後、楽譜を撮った写真で顧問から合格評価を貰うことができたみたいだった。

私はというと、結局美術室で部活動を行っている春野先輩を撮影しようとしていた。もちろん、許可は貰っている。でも、なかなかうまくいってなかった。どのシーンもかっこよく見えてしまうので、「ここだ！」と思えるシャッターチャンスには巡り合えなかったのだ。

最近は、美術室以外の場所でも絵を描いているらしく、どこにいるのかわからないことが増えてしまったのも、撮れなかった原因の一つだ。

春野先輩を撮る作戦は失敗してしまったし、四人での遊びの誘いも断られてしまった。けれど、観葉植物の撮影には成功した。

「自分が素晴らしいって思えるものを撮っていけばいいんだ。私の見ている世界と同じものを皆に知ってもらえたらいいよね」

私はあえてカメラの設定をモノクロへと切り替える。色が見えない人間が、カラーで撮ろうとするから響かないのではないか、と思ったからだ。

顧問にモノクロの写真を見せると、「今までより良いですね。まだ時間はあるのでもう少し頑張ってみると良いでしょう」という評価を貰うことができた。初めての賛辞に、ガッツポーズをしていた。

もうモノクロの世界は、嫌いじゃない。

気付いたんだ。この世界にも、好きな人やものがいっぱいあるってことに。

だから、お母さんと向き合う決心がついた。

私が退院してからというもの、お母さんは私に対してよそよそしくなった。ことあるごとに謝罪みたいな言葉が出てくる。申し訳ないと思っているみたいだけど、気に病んでほしくなかった。

時折、お母さんに対してひどいことを考えてしまう時があった。未だに「ごめんね」と謝ってきたり、ちゃんと学校生活を送れているか心配してきたり、私をずっと弱いままだと思っていることが気に食わなかった。

春野先輩や伊勢谷先輩、怜佳ちゃん。皆はすぐに私の変化に気が付いてくれたからこそ、余計に苛立っていた。

変化した私を見てほしいなんて傲慢な考えだ。お母さんの前で成長した自分を見せたことが、一度でもあっただろうか。お父さんが亡くなって、仕事に掛かりきりになってしまったお母さんは、私との時間が一気に減ってしまった。余裕ができた今だからこそ思う。あの日から、性格が暗くなった私しか知らないんだから、心配するのは当然だって。

春野先輩に恋するようになったこと、チューリップの絵を描いたこと、観葉植物の写真を撮るようになったこと、なに一つ話していないのだ。

小峰のストーカー事件の影響で、私の男性不信がさらに加速したとさえ思っているかもしれない。強くなった姿を見せない限り、お母さんが私への態度を変えることはない。お母さんを見なかったのも、お母さんに見せなかったのも自分だ。

「お母さん」

夏休みの中程。いつものようにお母さんと夜ご飯を食べている時に、気持ちを伝えることにした。

「ん？　どうしたの？」

「夏休みが終わるとさ、すぐに文化祭があるんだ。伯母さんと一緒にきてくれないかな。なにか私がすごいことをするってわけじゃあないんだけどさ、最近の私がなにをしているのか、お母さんはよく知らないよね。だから、見にきてほしいの」

茶碗の上に箸を置いて、両膝の上に握りしめた拳(こぶし)を乗せながら、お母さんを見つめる。

「麻友がそんなことを言うなんて珍しいわね」

口に白米を運ぼうとしていたお母さんの手が止まる。

「お願い、きてほしいの。今の私がどう日々を生きているのか、なにを感じて生活しているのか、その一端を見せられると思うから」

「行くのは全然構わないわ。麻友がとっても真剣なのは伝わってくる。でも、どうしてそこまできてほしいって思うの？」

「お母さんはきっと、私のことを昔のイメージのまま捉えているんだよね」

「そんなこと……」

「ないって言いきれる？　私が男の子に恋をしてる姿なんて想像できないよね？　少なくとももっと先のことだと思ってたよね？」

お母さんは私の言葉を聞いて俯いてしまう。

「だからこそ見てほしいの！　今の私を知ってほしいの！　怜佳ちゃんのピアノみたいに得意なことがあるわけじゃない。秀でた才能とか、専門的な知識とか、そんなのなに一つ持ってない！　お母さんに自信を持って見せられるものなんてなに一つないかもしれない。けど、けどね。それでも今を本気で生きてる。毎日を真剣に後悔がないように生きてるの。弱くて泣いてばかりいたあの頃の私じゃないってことを見せたいの！」

私の言葉を聞いてなにを思ったのだろう。娘が突然こんなことを言い出して困惑しているのだろうか。それとも喜んでくれているのだろうか。

「そう。わかったわ。麻友がなにを見せてくれるのか楽しみにしているわね」

「うん！」

そこからは他愛のない会話をして時間を過ごした。私とお母さんとの間にあった見えない壁みたいなものが少しなくなった気がして、自然と笑い合うことができた。こんな日がきたことさえ、春野先輩たちのおかげだと思える。

ねぇ。夏南ちゃん。いっぱい支えてくれてありがとね。夏南ちゃんの言う通り運命の人に出会えたよ。ずっと悩んでいたの。夏南ちゃんが好きだった人と同じ人を好きになっていいのかなって。

でも、春野先輩や怜佳ちゃんを見ていてわかった。自分の気持ちを偽って生きていると、人生が苦しくなってしまうってことが。

自分の気持ちに嘘はつかない。初めての恋で緊張するけれど、あと少ししたら好きって気持ちを伝えに行きます。見ててね。私が春野先輩に告白するところを。

もう怖くない。立ち向かう決心はついた。

――文化祭がやってくる。

第三章　好きを今、伝える時

高校生活初めての文化祭。いつもとは違う学校の風景を見ているだけで、心が弾む。心なしか生徒たちが浮き立っているように見える。

燦々と降り注ぐ陽光は眩しいが、関係ないとばかりに人の往来が途絶えることはない。校門の前に作られた「ようこそ」と書かれたアーチが、お客さんを迎える。昇降口まで続く道の両端に出店が立ち並び、さまざまな食べものの匂いで人々を魅了する。

校門の様子が見える廊下の窓辺で私と怜佳ちゃんはごくりと唾を飲んでいた。ついに始まったのだと、緊張して震えてしまう。

「や、やろうか、怜佳ちゃん」

「そ、そうね。やりましょうか」

ゾロゾロと私たちのいる階に楽しそうな顔をした人たちがやってくる。多くは私と大差ない年齢の人ばかりだ。

「み、皆さん！　猫耳メイド喫茶はいかがですかニャン？」

今までクラスの出しものについてはあまり意見を出してこなかったけれど、ちょっと後悔している。なんで猫耳の被りものをつけて、メイド服を着て、手首を曲げながら、語尾に「ニャン」をつけて喋らなければならないのか。とても恥ずかしい。

私と怜佳ちゃんは教室の前でお客さんを招く役目で、教室内での接客はほかの子がやることになっている。私たちはお客さんを呼び込むだけでいいけれど、中は戦場だ。お客さんが喜ぶようなセリフを甘いボイスで囁(ささや)いたり、注文された飲みものや食べものを出したりしなくちゃならない。なんて恐ろしい仕事だろうか。

「ま、麻友。もっと声を出さないと集客にならないわよ?」

「それを言うなら怜佳ちゃんだってそうだよ！　声が震えているよ！」

二人でひそひそと文句を言い合いながら、交代の時間がやってくるまでひたすらお客さんを呼び込む。ニャンと言い続けるうちに、羞恥心がどこかへ飛び、気が付けば平然と呼びこみができるようになっていた。隣にいる怜佳ちゃんも、堂々と言えている。人間慣れるとなんでもできるもんだね。

「ここが麻友ちゃんの教室かぁ～」

「きたわよ、麻友」

「あ、お母さん！　伯母さん！」

お母さんたちの姿を捉えた瞬間、体温が上昇していくのを感じた。しばらくの間、忘れていられた羞恥心が蘇(よみがえ)ってくる。それは怜佳ちゃんも同じのようで、「おっ、お久しぶりです」と噛みながらお母さんに頭を下げていた。

「あら、怜佳ちゃんまで猫耳なのね！　可愛いわね」

「い、いえ。そんな……わたくしなんて全然可愛くないですよ」

お母さんは怜佳ちゃんのことはよく褒める。私と違って品行方正だからだろうか。

そのストレートな物言いを私にもしてくれたらいいのに。

「麻友ちゃんも可愛いわよ。似合ってるじゃない」

「お、伯母さん。褒めてくれるのは嬉しいですけど、あまり見ないでください。恥ずかしいので」

「あら、そう？　ちょっと可愛い声で猫みたいに喋ってくれないかしら？」

「なっ、急になにを言い出すんですか！」

「えー、麻友ちゃん、私の要望に応えてくれないの～？」

伯母さんはたまに私を弄ってくるところがある。顎に手を当てて首を傾けながら困ったような表情を浮かべている。そんな態度をとられたらやるしかないじゃないか。

「わかりましたよ。やればいいんでしょう。一回だけですからね。お客様、たくさんの可愛い猫が集う喫茶店へようこそ！　癒しの一時を堪能してほしいニャン！」

顔の横に両手を持っていき、手首を曲げながらウィンクをして見せた。我ながらうまくできたんじゃないだろうかと思っていると、伯母さんがサムズアップをして何度も頷いた。

「うんうん。恥ずかしがらずに全力を出せば、麻友ちゃんはとっても可愛いんだからね」

「うう、二度とやりたくないです……」

「麻友ちゃんがこんなに頑張ったんだし、入店してみようかしらね」

「ありがとうございます」

お母さんたちが教室に入ったのを確認して、安堵の息を漏らす。胸に手を当てると心臓がバクバクと動いているのを感じた。

「今のが相場さんのお母さん？　すごい人なのね」

「うん。無茶振りされて困っちゃったよ」

「大変だったわね。でも良かったわよ。本当、可愛かった」

「そ、そっか。褒めてくれてありがとうね」

顔を真っ赤にさせながら言うものだから、こっちまでドキドキしてしまう。ただでさえ心臓の鼓動が激しいんだから、これ以上高鳴らせるのはやめてほしい。

怜佳ちゃんの気持ちを知ってからは、称賛の言葉を聞くたびにむずがゆい気持ちになってしまう。やっぱりまだ、私のことが好きなんだろうか？

「そろそろ交代の時間じゃない？」

何気ない風を装って話題を変えることにした。

「本当だ。知らない間に随分と時間が経ってたのね」

私たちは、教室の入り口近くに架けられている時計を見ながら会話をする。

「これからどうしよっか。いろいろと見て回りたいよね」

私が怜佳ちゃんと計画を立てようとした時、同じクラスの女の子二人がやってきた。

「お疲れ！　市川さん、西園寺さん。交代の時間だよ。ここからは私たちに任せて楽しんできなよ」

「うん。ありがとう。じゃあお願いね。怜佳ちゃん、着替えてからいこうか」

「そうね。やっとメイド服から解放されるわ～」

伸びをする怜佳ちゃんと一緒に、教室の中に入っていく。教室の端に設置された着替えスペースはブルーシートで囲まれているので、誰かに見られる心配はない。

「さっきのどこを見て回るかについての話だけど、麻友は春野先輩と一緒に回ったらどうかしら？」

「えっ、春野先輩と⁉」

「せっかくの文化祭なのに好きな人と回らないでどうするのよ」

「きゅ、急に誘われたって春野先輩が困るだけだよ。それに伊勢谷先輩と回るんじゃないのかな～？」

「それについては大丈夫よ。ほら、着替え終わったでしょう。いくわよ」

「ちょ、ちょっと待ってってば！」

スカートはいつもと同じだけど、上にはクラスで案を出し合って作った文化祭用のティーシャツを着ている。胸元に校章が、背中にはローマ字で「ＭＡＹＵ」と書かれている。教室から出ると、私たちと同じようにティーシャツを着た春野先輩と伊勢谷先輩が立っていた。

「お、きたきた。市川ちゃーん、西園寺ちゃーん」

「わわっ、お二人ともどうしてここに！」

「わたくしが呼んだのよ」

「怜佳ちゃんが？」

「そうよ。同性で回ってても面白くないから、二人一組の男女で回ったらどうかなと思ってね。わたくしが伊勢谷先輩に提案したら、二つ返事でＯＫをしてくれたわ」

私が驚いていると、伊勢谷先輩がこっそりとウィンクをしてきた。私が春野先輩と一緒に回れるように根回しをしてくれたんだと悟る。ありがたいけれど、四人で回ったほうが楽しそうなのに。

「伊勢谷先輩はわたくしと一緒に回ることになってるから、麻友は春野先輩と楽しくやってね」

「ってなわけで、俺と西園寺ちゃんで行ってくるわ」

「いきなりそんなことを言うからびっくりしたけど、市川さんが大丈夫なら俺は問題ないよ」

彼が学生としていられるのは今年が最後。春野先輩と気兼ねなく文化祭を楽しめるのは今回だけということになる。

皆が嫌がっていないのなら、ご厚意に甘えてもいいのかな。

「春野先輩と一緒に回りたいです！」

気が付けば、大声で答えていた。真っ直ぐに彼を見つめる。

「そっか。じゃあ一緒に行こうか」

「はいっ！」

予想外の出来事。好きな人と二人きり。速くなる鼓動と歓喜に促されて、顔が綻ぶ。

耳元で「頑張りなさいよ」と呟いてくれた怜佳ちゃんに頷いて、春野先輩の隣へと駆けていった。

いろいろな教室を回っていく。風船やガーランドが飾られた廊下を歩いていると、すれ違う人々の表情が明るい。どこもかしこも笑顔が咲き誇っている。皆の声や明るい空気に当てられて自然と頬が緩む。

私はチョコバナナを、春野先輩はたこ焼きを持っている。小腹が空いていたのもあり、すぐに食べものを売っている教室に出向いてしまったのだ。

「春野先輩のたこ焼きも美味しそうですね」

「一個あげようか？　代わりに一口ちょうだいよ」

春野先輩に提案をされた瞬間、食べかけのチョコバナナを春野先輩が食べる光景を想像してしまった。なんか変な気分だ。平静を装いながら「いいですよ」と答えると、たこ焼きを刺した爪楊枝を手渡される。

「ありがとうございます。春野先輩もどうぞ？」

「うん。いただきます」

春野先輩にチョコバナナを手渡して、たこ焼きを食べると口内に熱気が広がる。たこの食感、ソースや紅ショウガの味を堪能する。

「美味しいですね！」

「うん。たこ焼きもいいけど、こっちもいいね。久々にチョコバナナを食べたからか美味しく感じるよ」

「ふふ、確かにそんなに食べることないですよね」

「食べながら見て回れるのが文化祭の良いところだよね。あ、あそこでお化け屋敷やってるみたいだよ。入る？」

「お化け屋敷いいですね。でもその前にチョコバナナを返してください。全部食べちゃいます！」

「相当、お腹が空いてたんだね」

「なっ！　違いますよ。食べものを持ったまま中に入って、お化けに驚かされたりしたら落としちゃうかもしれないじゃないですか」

「なるほど。そういうことにしておこうかな」

春野先輩をじ〜っと見つめながら、完食する。私を春野先輩がからかうことが増え、それに私が言い返す。そんな流れが、いつの間にか二人の間にできあがっていた。

「食べ終わりました。お待たせしてすみません。行きましょうか」

「そうだね。怖がる市川さんが見れるといいな」

「じゃあ私も春野先輩が驚くシーンがないかよく観察しておきます」

教室の前にいた受付の女の子にお辞儀(じぎ)をして中に入ると、一気に暗闇の世界が広がる。暗幕によって外界からの光が遮断されているため、頼りになるのは飾られた提灯だけだ。段ボールで作られた細い通路をゆっくりと移動する。道が狭いため、春野先輩と肩がぶつかってしまうことがたびたび起こり、恐怖とは別の部分でドキドキとしてしまう。

「わっ！」

なにかを踏んだのか、プチッと足元から音が響いた。下に注目していると、隣で春野先輩も「おお」と小さな声を漏らしている。どうしたのかと思い横を見ると、糸に吊るされた蜘蛛（くも）の人形が春野先輩の顔の前でぶらぶらと揺れていた。困った表情で人形を手で払っている春野先輩を見て、クスッと小さな笑みが零れた。

「ヴァァァァ」

「きゃっ！」

曲がり角に差しかかると、額に真っ赤な血がついたゾンビが死角から現れた。なにか現れるとは思っていたが、想像以上に迫力があったので思わず後退りしてしまった。

「ははは、いい驚きっぷりだね。市川さんを見ていると飽きないね」

勢いよく後退したせいで春野先輩に当たってしまったので、謝ろうと振り返った途端、彼の愉快な声が耳に届く。

「今度は春野先輩が前を歩いてください」

謝る気も失せて頬を膨らませながら前に行くように促す。春野先輩はお化け屋敷よりも私の反応を見て楽しんでいる節がある。彼にも驚いてもらわないと。

「いいよ。驚くのは市川さんだろうけどね」

不意にロッカーの扉が開き、マネキンの顔が大量に転がってきた。それを見てもなお、春野先輩は感嘆の声を漏らすばかりで驚くことはない。冷静な彼も好きだけど、少しくらい驚いた顔をしてくれたらいいのに。

その後もなにかを叩くような音が響いたり、すすり泣くような声が聞こえたりしたけれど、春野先輩の反応に変化は見られなかった。

すべてのルートを周り終えてお化け屋敷の教室から出る頃には、私だけが驚き疲れていた。外の明るさに目を細めていると、春野先輩が「楽しかったね」と微笑んだ。

カシャッ。

「おおっ、びっくりした！」

とても良い笑顔だったから、反射的にスマホのシャッターボタンを押していた。撮影の音にびっくりしてくれたので、笑顔よりそっちを撮ったほうが良かったかもしれない。

『先輩！　私、笑顔が撮りたいです！　ストーカーが怖いって気持ちに負けないくらいの満開の笑顔が撮りたいんです！　楽しかった思い出がつまった写真があれば、明日も頑張れる気がするから』

菜の花の前で宣言した自分の言葉を思い出す。ずっと撮れなかった春野先輩の顔。絵に向き合う真摯な姿もいいけれど、私の隣で笑ってくれた彼をカメラに収めたい。

「ほら、見てください。春野先輩、とってもいい顔してますよ。笑えるようになりましたね。怜佳ちゃんと三人で自撮りをした時とは大違いです」

「笑えるようになったのは市川さんのおかげだよ」

「これからもいっぱい笑顔を見せてくださいね！」

今までのように「私はなにもしてませんよ」とは言わなかった。貰った愛を私も返せているんだと、きちんと胸に刻みたかったから。

普段の私とは違う反応に目を丸くした春野先輩だったけど、すぐにいつもの顔に戻って「もちろんだよ」と答えてくれた。

嬉しさを噛みしめた私は、彼を写真部の展示物がある教室へと案内することを決意する。間が良いのか悪いのか。辿り着いた先にお母さんと伯母さんがいた。


教室の中に入ると有孔ボードが並べられていた。ボードに掛けられた写真は額縁に入れられて展示され、額縁の下には写真のタイトルと撮影者の名前が書かれた紙が貼られていて、誰が撮った作品なのかがわかるようになっている。

矢印と共に「順路」と書かれた紙に促され、私たちは展示物を見ていく。赤ちゃんを抱いているおじいちゃんの写真や、海と夕日が一枚に収まっている写真、ぬかるんだ土についた足跡の写真など、内容はさまざまだ。

じっくりと足を止めてまで見る人は稀で、多くのお客さんは歩きながら流し見る程度だ。写真部の展示物を見にくる人自体が少ないので、教室の内部は閑散としている。

開けられた窓から入り込む人々の話し声が、やけに大きく聞こえた。周囲の喧騒から解き放たれた場所にいるという事実が寂寥感と特別感を生む。

私たちの邪魔をしないようにしてくれたのか、お母さんたちが話しかけてきたのは教室に入る直前だけだった。私がお母さんと話している間、春野先輩は伯母さんと話をしていた。

私は自分の好きを写真につめ込んだことを、春野先輩は美術部に立ち寄ってほしいことをそれぞれ伝えた。

春野先輩が一枚一枚をじっくりと見る一方で、お母さんと伯母さんは私と怜佳ちゃんの作品だけを見て、すぐに教室を出てしまった。

春野先輩と一緒にいる私や展示している私の作品を見た時、お母さんはなにを思っただろう。どんなことを感じ取ってくれただろうか。

「あ、西園寺さんのだ」

春野先輩は知り合いの作品だからか、今まで以上に真剣に見ている。彼は芸術に携わる者。一般人と比べて見る目が厳しいかもしれない。緩んでいた弦が張りを取り戻すかのように、緊張が再燃していく。

「やっぱり音楽関連が多いんだね」

「そうですね。夏休み中、怜佳ちゃんは小学校に出向いて写真を撮りに行きました。

特に音楽室の写真に注目してください。そこは私と怜佳ちゃんが仲良くなるきっかけになった場所ですから」

「そっか。普通ならピアノだけを撮りそうなのに、黒板と机と一緒にピアノを撮影しているからどうしてかなと思っていたんだけど、そういうことか。これは西園寺さんの演奏を市川さんが聴いているシーンを再現しているんだね。もしかして西園寺さんが撮影した位置が市川さんの席だったのかな？」

「そうです。小学校の音楽室は後ろに行く程床が高くなる作りだったので、身長が小さい子が後ろの席だったんですよね。目が悪かったりすると真ん中あたりになるんですけど、当時は視力が良かったので大丈夫だったんですよ」

「面白いね。経験からくる構図はほかの人には真似できないから、独創性があっていいと思うよ。これは西園寺さんにとって大切な思い出なんだね」

「はい。私が演奏をいつも褒めていたからピアノを頑張れたそうです。怜佳ちゃんにとっての原点がここなんですよ」

怜佳ちゃんの作品はピアノだけじゃない。コンクールで優勝した時の賞状や、その時に演奏した楽譜、当時着ていたドレスの写真など、怜佳ちゃんの人生が有孔ボードにたくさん飾られている。それらは、怜佳ちゃんが自分に向き合った証。彼女らしさで溢れた作品たちが、私はとっても大好きだ。

「西園寺さんのを堪能したことだし、次は市川さんのだね」

そう言って春野先輩は、私の名前が書かれている写真の前へと歩いていく。

「やっぱり観葉植物なんだね」

「はい。小学生の頃にお父さんが観察日記をつけていたのを思い出して、そこから着想を得たんです」

ほかの人とは違う、モノクロの写真群。春野先輩が見ているのは、モンステラに水をあげた瞬間を切り取った写真だ。自分で言うのもなんだけど、葉を伝う水滴と水が土に染みていく様子がよく撮影できていると思う。

顧問の先生に写真を褒められてからも、毎日の撮影は欠かさなかった。同じような写真が何枚もあるので選ぶのが大変だったけれど、厳選した結果、これに決めた。

「西園寺さんもだけど、市川さんも昔を振り返っているんだね。次は……」

モンステラの写真の横には、画用紙の上を転がるクレヨンが撮影されていた。顧問の先生によると、これから色がつけられる予感を見る側に与えており、ストーリー性を味わえる作品に仕上がっているそうで、モノクロなのはもちろんのこと、画用紙が真っ白なままなのが評価のポイントらしい。

これからどんな絵が描かれるのか、絵を描く人は何歳くらいなのか、想像の余地がある作品は良作なんだと興奮気味に語ってくれた。

私は自分の好きなものを撮影したにすぎない。褒められるのは嬉しいけれど、高評価を狙っていたわけではないので複雑な気持ちだった。

「こちらは春野先輩とチューリップの色塗りをしてから思いつきました」

「えっ、そうなの？」

「絵を描く楽しさを忘れないために、写真にしちゃおうって思ったんです！」

「そっか。俺の行動で市川さんの役に立てたなら良かったよ」

作品を作るきっかけになった張本人に見られるのは、想像していた以上に恥ずかしい。まだ告白していないのに、私の気持ちが春野先輩に覗かれてしまったかのような気持ちになる。

私が恥ずかしがっている間に、春野先輩は次の作品に目を向けていた。これが、私が展示している最後の作品で、花火を題材にした写真だ。大きな花火と小さな花火が同時に散る背後に、満月が雲一つない空に浮かんでいる。幻想的に見えると怜佳ちゃんが絶賛してくれた一枚だった。

「すごいね。市川さんの力強さを感じると共に、どこか寂しさを感じるよ」

「私の力強さですか？　初めて聞く意見です」

「なんだろう。これから撮るぞって気概が観葉植物やクレヨンの写真から感じるんだけど、これは自然に撮られているような気がするんだ。自分の感性に従って撮っている気がする。そうやって素を曝け出せる市川さんが強いなって。色覚異常だから仕方がないのかもしれないけど、色がない状態で挑もうとするのはなかなかできることじゃないよ」

「えへへ、なんだか照れますね。ありがとうございます。寂しさも感じるんですか？」

「うん。夜ってさ、寂しい気持ちにならない？　皆と過ごせる時間が終わって、後は眠るだけって感じで。さらに皆が楽しめるはずの花火まで色がついてないからさ、余計に寂しさが増すんだよね」

「なるほど。鋭い考察ですね。この写真を撮った時、夏南ちゃんのことを思い出していたんです」

「夏南のことを？　どうして？」

「毎年夏休みになると、夏祭りが開催される日に合わせておばあちゃんの家に行くのが決まりで、市川家と相場家が同じ日に集まっていました。この花火を見るたびに思い出すんです。夏南ちゃんと一緒に遊んだことや、来年も一緒に花火を見ようねって約束をしたこと、その約束が叶わなかったことを」

　いつもは大人びている夏南ちゃんが、花火が打ち上げられると、子供みたいにはしゃぐんだ。目をキラキラと輝かせて、感嘆の声を漏らす姿を今でも覚えている。

「とても辛い写真じゃないか。よく発表しようと思えたね」

「いつまでも過去のことを引きずるのはやめようって思えたから発表できたんです。それに私だけのアルバムにしまうよりも、お客さんに見て楽しんでもらえたほうが、夏南ちゃんも喜ぶ気がしますから」

「ああ、そうだね。俺も夏南のことを思い出すと辛いと感じることが多かった。けど、受け止めてからは、過去の出来事を前向きに捉えられるようになったんだ。やっぱり市川さんもそうなんだね」

飾られた写真から私へと彼の視線が動き、真っ直ぐな瞳でこちらを見つめてくる。

方法は違えど、私たちは同じ人を想いながら作品を作った。導き出す答えが同じでも不思議じゃない。

「市川さんの写真を見ていると、夏南は俺たちの中で生き続けているってことを実感するよ」

「私たちの中で生き続けている……」

私は自然と春野先輩の言葉を反芻していた。

「ああ。忘れなければ夏南は生き続けるんだ。何年先も、何十年先も、ずっと」

生きる、か。確かにそうだ。今まではただの従姉妹だったけれど、恋のライバルになった。

私が変わるたびに、夏南ちゃんとの関係性も変わっていく。そのたびに墓参りで伝える言葉も変わっていく。故人のことを忘れずにいるからこそ、今の自分を報告しに行くんだ。

彼を好きになればなる程夏南ちゃんへの嫉妬は強くなる。それでいい。彼女を忘れないからこそ、彼女の思い出を上書きできる存在になろうと思えるから。

夏南ちゃんは春野先輩にとって灯のような存在だった。なら今度は、私が灯になろう。春野先輩の明日を照らせるように、燃え滾る炎を胸に宿して生きていく。

「春野先輩、私の写真を見てくださり、ありがとうございました。」

「とっても楽しい時間だったよ。こちらこそ、ありがとう」

とても良い雰囲気が私たちの間に漂っている。そんな気がした。

そうだ。言うと決めたんだ。春野先輩に告白するって。

あと少ししたら想いを伝える時間がやってくるのだと思うと、よりいっそうドキドキしてしまう。

「じゃあ今度は俺の絵を見てもらおうかな」

春野先輩の言葉を聞いた途端、夏南ちゃんの葬式が行われた時のことを思い返していた。

あの日、お坊さんがお経を読んでいる時も、参列者がお焼香をしている時も、皆の様子を呆然と見つめていた。肉体から魂が抜け落ちてしまったみたいに、心は空っぽだった。

色のない世界からさらに色が失われていくような気がして、私を絶望から救ってくれた夏南ちゃんがどこにもいないという事実に、打ちのめされそうになっていた。涙は出ず、空虚が胸を支配する。私の意識が唯一反応したのは、春野先輩の顔を見た時だけだった。

夏南ちゃんの彼氏。ナンパをしてきた男たちから私を助けてくれた人。泣き腫らした彼の瞳には生気がなく、私と同じように心が死んでいるのがわかった。

聞くところによると、夏南ちゃんはデートの待ち合わせ場所に行く途中で命を落としてしまったという。私よりも彼のほうが精神的な苦痛が大きいに違いない。

どれだけ時が過ぎても空虚なのは変わらない。物事を楽しむ感性が抜け落ち、無為な日々を過ごすだけ。正直、高校はどこでも良かった。夢も希望もなかったので、怜佳ちゃんに促されるまま女子高へ通う方向で進んでいた。

けれど、どうしても夏南ちゃんの言葉が引っ掛かっていた。春野先輩が文化祭で絵を展示するという話が、妙に心をざわつかせる。見ておく必要があると思った。

「そういえば、春野先輩の絵のどういった部分に感銘を受けたのか話していませんでしたね」

教室から出ていこうとする春野先輩に、後ろから語りかける。私の言葉に驚いたのか、彼が立ち止まってこちらを振り向いた。

当時の気持ちを思い返しながら、理由を語っていく。

「夏南ちゃんに自慢されていたから、春野先輩のことは前々から知っていたっていう話はしましたよね。当時の私は、夏南ちゃんの彼氏がどんな絵を描くのか気になっていたので、怜佳ちゃんと一緒に見に行くことにしました」

怜佳ちゃんと訪れた文化祭。周囲のどこを見渡しても楽しそうに笑う生徒やお客さんばかりで、夏南ちゃんの死を引きずっている私は、ひどく場違いに思えていた。誰かの笑い声を聞くたびに、居たたまれない気持ちが増していく。そんな文化祭をまったく楽しむことができない私に、怜佳ちゃんは優しく接してくれた。彼女がいなかったら、一緒に演劇部の演劇を見たり、吹奏楽部の演奏を聴いたりなんてできなかっただろう。怜佳ちゃんがいてくれたから、美術室を訪れることができたんだ。

美術室に飾られている絵を見ても、心が弾むことはなかった。起伏はなく、平坦なまま。春野先輩の絵も同じだろうと高を括っていた。

「今でも鮮明に覚えています。あの日の感動を。生きる希望を見失っていた私が、先輩の絵を見て救われたんです。春野先輩の絵だけは、色が見えたんです」

木々は深緑に包まれ、どこまでも続く空は青く澄み渡り、眩しいくらいに太陽が黄色の輝きを放つ。春野先輩の優しさがダイレクトに伝わるような、そんな世界が、目の前に広がっていた。

気が付けば私は、怜佳ちゃんに絵の良いと思った点を力説していた。色を見ることができた喜びによって、怜佳ちゃんが戸惑っていることにも気が付かないくらい興奮してしまっていた。今となっては怜佳ちゃんに対して申し訳なかったと思うけれど、話さずにはいられなかったのだ。嫌な顔一つせず相槌を打ってくれた怜佳ちゃんには感謝しかない。

「俺の絵だけ色が見えたの？　どうして？」

「理由はわかりません。でも、あの時だけ私の世界に色が戻ったんです。救われたんですよ？　久しく忘れていた色を見ることができてとても嬉しかったんです。本当に」

どうして色が見えたのか？　答えは今でもわからない。ただ一つ言えるのは、あの絵を見ていなければ、今の高校を選ぶことはなかっただろうということ。

「俺の絵が市川さんの救いになったのなら良かったよ。美術部に俺よりも上手な人が何人もいて、彼らの技術力に打ちのめされそうになることが、何度もあったからさ」

春野先輩が嬉しそうに笑っている姿を見て、決心がついた。

彼に恋心を伝える前に、もう一つどうしても言わなければいけないことがある。

「これから私は少し、びっくりするようなことを伝えますね。信じてもらえないかもしれませんけど、お伝えします」

　これから話す内容は、誰にも明かしていない秘密。

「春野先輩は、私が色覚異常になって絵に着色ができなくなったから、写真部に入ったのだと思っていますよね？」

「うん。その通りだよ。だからこそ、絵は自由に描いていいんだってことを思い出してほしくて、図書室でクレヨンの色塗りを提案したんだ」

　ポケットからスマホを取り出して、春野先輩に見せる。

「実は、その認識は半分しか合っていないんです。もう半分の理由は、私が写真撮影をして映った人の感情を読み取ることができるから、なんです」

　春野先輩が固まっていた。人の感情が読めるなんて言われたら、そんな反応にもなるよね。

「カメラを介したものなら動画でも通話でも、感情を読み取ることができます。ただ、撮影時に抱いていた感情だけしかわかりません。その後の変化まではわからないんです。その代わり、誰が誰に対してどんな感情を抱いているのかを、なんとなく察することができます」

　怜佳ちゃんが私のことを好いてくれているのはわかっていた。けれど、私のどういった部分が好きなのかとか、どのくらい好きなのかまではわからなかった。まさか、本気の恋だなんて思いもしなかった。

「市川さんが感情を読めるようになったのはいつからなの？」

「色覚異常になると同時に感情を読めるようになりました。なので、中学一年生の頃ですね」

「じゃあ俺と一緒に何度も撮影したのは、俺の気持ちが知りたかったから？」

尾行する小峰を撮影した動画。私と怜佳ちゃんと春野先輩の三人で撮影した自撮り。菜の花を背景に撮った写真。伊勢谷先輩を含めた四人で顔を見せ合って話したビデオ通話。写真にまつわる出来事が、走馬灯のように駆け巡る。

「はい。思い出を残したいのもありましたけど、一番は先輩が私をどう思っているのか知りたかったんです。矢部の一件以来、男の人に対して苦手意識を持つようになってしまって、私に劣情を抱かない人じゃないと、協力を要請できなかったんです」

「俺がずっと夏南のことを引きずっていたから、大丈夫だったってこと？」

「言い方は悪いですけど、そうなりますね。ずっと夏南ちゃんのことを愛していたからこそ、信頼できたんです」

私は利用したんだ。春野先輩の夏南ちゃんへの愛情を。彼ならば私を好きにならないとわかっていたから。

私たちが出会う前から、彼の心を見てきた。夏南ちゃんが春野先輩のことを話したびに、一緒に撮ったデートの写真を見せてくれたから。

この人なら信頼できるとか、ストーカーから助けてくれそうとか、そんな自分勝手な気持ちで春野先輩に接触した。それなのに、春野先輩の優しさに触れるたびに、胸が痛むようになった。やがて、彼の心を利用する自分が、醜く思えた。

明確に彼を好きだと意識したのは、攫われた私を助けにきてくれた時だけど、本当はもっと前から好きだったのかもしれない。

お母さんにも、怜佳ちゃんにも、夏南ちゃんにも……誰にも他人の感情が見えることを伝えていなかった。言ったら変な目で見られてしまうんじゃないかと恐れていた。

「ずっと春野先輩の気持ちが知りたくて、オススメの撮影スポットに案内してもらったりしていました。今まで黙っていてごめんなさい。とても失礼なことをしたと思っています」

「……」

春野先輩は無言だった。自分の感情を利用されていたなんて知ったら怒るだろう。きっと、私に幻滅したに違いない。

「俺に墓参りに行こうって提案してくれたのは、俺の感情が見えていたからなんだね。そっか……」

頭を下げ続ける私に、静かな声が投げかけられる。どんな言葉が飛び出すのかわからない恐怖から、思わず目を瞑ってしまっていた。

「話すのにとても勇気が必要だったと思う。本当のことを教えてくれてありがとう」

「え？」

「いろいろと大変な人生を歩んできたはずなのに、腐らず前向きに頑張っている姿を見せられると、俺も頑張ろうって思えるよ。今度は俺が見せる番だね」

「わっ！」

今までのことを春野先輩は思い返していたのだろう。自分勝手な私の行動を好意的に解釈してくれたようだ。そんなことを考えていると、私の右手を春野先輩が両手で掴んだ。驚いて素っ頓狂な声を出してしまう。

予想外の出来事に緊張したけれど、それは一瞬のことだった。

彼の体温を通じて心に温かいものが広がっていくのを感じる。おかげでリラックスした気持ちで彼と接することができていた。

「絵を描けるようになってから、俺もいっぱいこれまでを振り返った。夏南のことだけじゃなく市川さんのこともたくさん考えたよ。君に感謝を示したいんだ。だから、一緒に美術部に展示している作品を見てほしい。それに、今の話を聞いて、俺も市川さんに話さないといけないことができたし」

彼の言葉を聞いてようやく気が付く。

文化祭に並々ならぬ想いを抱えて挑んでいたのは春野先輩も同じだったのだと。

「見たいです。先輩の絵が見たいですっ！」

「うん。じゃあ行こう！　美術部に！」

春野先輩に手を引かれて走り出す。彼の絵を見ることができると思うと、気が昂っていく。焦がれるくらい待ち望んでいたあの感動を、もう一度味わいたい。


「さぁ、着いたよ。市川さん」

美術部の扉の前に辿り着いた。

春野先輩が繋いでいた手を解き、私の右手は一瞬、空中を彷徨う。彼の体温が感じられないことがやけに寂しく感じた。

「どんな絵が展示されているのか、気になりますね」

私が扉を開くと、写真部と同じように有孔ボードに作品が展示されている様子が視界に飛び込んできた。春野先輩に案内されるよりも先に、彼の作品を見つけていた。煌々と、キャンバスが輝いていたから。二枚の絵に吸い寄せられるようにして、私は歩いていく。

「あ……」

青空と桜を背景にして、ワンピースを着た夏南ちゃんが笑っているイラストに目を奪われる。私が見たことのない笑顔、愛する人に向ける優しい瞳、わずかに紅潮した頬、風になびく髪、スラリとした体躯、ハートの形をしたネックレス。なにもかもが美しかった。

「夏南ちゃん……」

私がどれだけ過去の写真を見ても、彼女に色がつくことはなかった。いつだって白黒で、生気を感じることはなかった。けれど、春野先輩の絵は違う。そこに夏南ちゃんがいるような気がして、手を伸ばしたくなる。

「市川さん」

春野先輩に声を掛けられて、自分の意識が夏南ちゃんにだけ向いていたことに気が付く。

「ごめんなさい。絵に夢中になってしまいました」

「謝らないでよ。真剣に見てもらえて嬉しいよ。いろいろな気持ちをこめながら描いたから、それが届いたのかな。さっき、市川さんに話さないといけないことができたって言ったよね？　それを今から話そうと思うんだけど、いいかな？」

春野先輩が真剣な雰囲気になっているのを感じて、黙って頷く。

「本当は夏南に贈るはずだったこの絵は、夏南が亡くなってしまってから、描き進めることができなかったんだ。夏南の顔が思い出せなくなってしまって辛かった」

「夏南ちゃんの顔が思い出せない？　それってどういうことですか？」

「カメラ越しに他人の感情が読めることを教えてくれたね。実は感情が見えるのは俺もなんだ。人の感情が顔の周りにモヤとなって現れる病に、罹っていたんだ」

「……初めて聞く病です」

「だろうね。俺も自分以外に罹った人は見たことがないよ。前に俺がある病に罹っているって話はしたよね？　それは、この病のことだったんだ。これのせいで皆の顔が見えなかったんだ」

「皆？　私のことも、ですか？」

「ううん。なぜだか市川さんの顔だけは見えたんだ」

奇妙な出来事から繋がった私たちだけど、似たような境遇を抱えていた。この出会いは必然だったのかもしれない。

「私だけ見えるんですか。なんだか不思議ですね。私は先輩の絵の色だけが見えて、先輩は私の顔だけ見えるなんて」

「さっき、市川さんは俺の感情を見ていたことを謝ってくれたけど、そんなの必要ないんだよ。俺も他人の感情を見て過ごしてきたからさ。それにね。市川さんと夏南のお母さんのおかげで、自分の罪と向き合えたんだ。あの墓参りだけじゃなくて、市川さんの頑張る姿も、俺を前に進めてくれた。ストーカーに追われる恐怖に襲われながらも、他人の身を案じることができる優しい心を持つ市川さんだからこそだと思うんだ。市川さんのおかげで、夏南の絵を完成させることができたんだ。だから、謝らないでほしい」

　私も春野先輩もいろいろな罪を抱えてきた。他者からすれば、罪なんて言葉で表す程大それた過ちではないのかもしれないけれど、後悔はそれくらい大きなものだった。尊厳や命を失い、心に深い傷を負って、他者に救いを求めることもできずに、ただ一人で悩み続けた。一人では明日に色さえもつけられないのに。

「この絵は夏南のお母さんや、市川さんのお母さんとか、夏南と関わった多くの人に見てもらいたかった。夏南は俺たちの中で生き続けているよって伝えたかった。けれど、一番見てほしかったのは市川さんだ。市川さんに、変わった俺を見せたかったんだ」

「私に……ですか？」

「ああ、そうだよ。俺は市川さんに希望を持ってほしいんだ。あんなに絶望していた俺だって夏南の絵を描けるまでになったんだから、これから先の未来、きっとなんとかなるって思えるように」

　本当に春野先輩には、敵わないなぁ……。

「市川さん。俺に夏南の笑顔を届けてくれてありがとう」

春野先輩の言葉を受けると同時に夏南ちゃんの言葉が脳裏を過る。

『まーゆ、この世は美しいもので溢れているんだよ。閉じこもっちゃうのなんてもったいないよ。綺麗だってことを私が証明してみせる。大丈夫。絶対になんとかなるよ。だから泣かないで』

本当に夏南ちゃんの言う通りだった。

写真を通じてわかったことは、モノクロの世界だって世界の美しさを表現することができるってこと。これまで見ようとしなかっただけで、ピントを合わせれば綺麗はどこにでも溢れていることを知った。

「俺が市川さんに見せたいものはこれだけじゃないよ。隣のも見てほしいんだ」

夏南ちゃんの絵の隣には、金網越しに広がる住宅街と青い空の絵があった。

「これは屋上から見た景色……ですか？」

「そう。今までの人生に区切りをつけるために思い出に残っている場所を描くことにしたんだ。いろいろと振り返ってみると、屋上にいる時の記憶が多いなって思ってね」

「そっか。屋上で絵を描いていたから、美術室にいないことが多かったんですね」

「あまり人がこないから集中して絵を描くことができたよ。それにしても俺が美術室にいないことを知っているなんて、なにか用でもあったの？」

「い、いえっ！　廊下を歩きながら、美術室の様子を見ていただけですよ。そ、それにしてもいい絵ですね！」

春野先輩の写真が欲しいがために、毎日のように様子を窺っていたなんて言えない。

慣れ親しんだ街並みなのに、色がつくだけでこんなにも違って見えるものなのか。

「昼食の時間、屋上にいつもいた。誰とも会話をしたくなくて一人でいることを望んでた。市川さんが俺の教室を訪ねてきたあの日も、屋上にいたんだ。大地に呼ばれて市川さんに出会ってから、俺の日常が一変したんだ」

懐かしい。勇気を振り絞って彼の教室を訪れた時のことは、昨日のことのように覚えている。怜佳ちゃんと一緒に帰れなくて、お母さんや警察を頼ることもできなくて、途方に暮れていた。春野先輩が一緒に帰ってくれなかったら、小峰に攫われていたかもしれない。

「西園寺さんに俺の本気度合いを試された時も屋上だった。なんでそんなにも市川さんのために頑張れるんだって詰め寄られたっけ」

春野先輩からぬいぐるみをプレゼントしてもらった日のことを思い出す。怜佳ちゃんが春野先輩と仲良くなっていて驚いたなぁ。

「ストーカーからの脅迫文が家に届いて、どうすればいいのか迷っていた俺を大地がぶん殴ってくれたのも屋上だった。長い間、一人でいたせいかな。頼れる仲間がいるってことを失念してた」

　春野先輩に絆創膏を貼った時の記憶も蘇る。私のために春野先輩が苦しんでいる姿を見て胸が痛かったけれど、伊勢谷先輩に頼ることを決めた彼の表情がとても明るくて安堵したのを覚えている。

「いろいろあったんですね」

「ああ、本当に。やっといい思い出だったなって思えるようになったよ」

　怜佳ちゃんに告白をされたのも屋上だったな。まさか私に恋愛感情を抱いているなんて思わなくてとても驚いた。この絵みたいに、あの日もこんな綺麗な青空だったのだろうか。

「高校生になってから毎日が奇跡みたいです。とても濃い出来事ばかり起きるから、気が抜けません」

「そうだね。四月から九月まで、怒涛の日々だったね」

　何気ない会話が続いていたところで、予想外の一言が春野先輩から放たれる。

「今日、市川さんは誕生日なんだよね？　市川さんに誕生日プレゼントを渡そうと思うんだ」

　九月二十五日。私が生まれた日。お父さんとお母さんから麻友の名前を貰った日。

去年までの私は、誕生日がきても素直に喜ぶことができなかった。

色覚異常になってしまったことや、夏南ちゃんが亡くなってしまったこと。いろいろと悩みが多すぎて疲れていた。

心視症のことはよくわからないけれど、春野先輩が私の感情を読み取れなかったのは、私が色覚異常になった時に世界の色だけじゃなくて、私自身の色までなくしてしまったからかもしれない。

まさか、春野先輩から誕生日プレゼントを貰うことになるなんて思いもしなかった。

美術室にある収納棚からキャンバスを取り出した春野先輩が、ゆっくりとこちらに近付いてくる。

「市川さんに俺の誕生日を祝ってくれたお礼をずっとしたかったんだ。市川さんのおかげで諦めていた夢を取り戻すことができたんだ。本当に感謝してもしきれないくらい感謝してる」

「夢、ですか？」

私たち以外にも美術室に人はいて、知り合いに見られる可能性は大いにあるけれど、そんなことは気にならないくらい彼に夢中になっていた。一言一句を聞き逃すまいと、一挙手一投足を見逃すまいと、春野先輩に意識が集中している。

「ああ。俺、美大にいこうと思うんだ。もっともっと絵がうまくなって多くの人に感動を届けられる人になりたいんだ。最初は知り合いに褒めてもらえるだけでいいと思ってたし、夏南に喜んでもらえるだけで充分だった。でも、意識が変わったよ。自分のためじゃなく、誰かのために描くことでも幸せになれるんだって気付けたから」

常に前を向いて頑張れる春野先輩がかっこいい。こんなにも素晴らしい人と青春を送れたことが幸せ。春野先輩を知れば知る程、想いがどんどん溢れてしまう。好きって気持ちが心を支配していく。

「市川さん、絵を描けなくて諦めていた夢を思い出させてくれてありがとう」

温かい愛に包まれて、うまく頭が回らない。体中が熱くて、頬が紅潮しているのがわかる。

「お誕生日おめでとう」

そう言って彼が見せてくれたのは、黄金に輝く菜の花の絵。二人で訪れた河川敷の風景を思い出す。一緒に下校してもらえることは嬉しかったけれど、本当は迷惑に思っているんじゃないかと不安に感じることもあった。

「私はこんなにも素晴らしいプレゼントを貰えるような人間なのでしょうか？」

「もちろん。市川さんを救うはずが、救われていたのは俺のほうだったからね」

菜の花を背景に写真を撮ったこと。ストーカーへの恐怖を一時的に忘れられたこと。カメラ越しに、夏南ちゃんのことを考えている春野先輩の気持ちを読み取ったこと。

全部、覚えている。

手渡されたキャンバスを見下ろす。沈みかけている太陽とどこまでも続く菜の花の海。こんなにも綺麗な場所だったんだ。眩しいくらいに輝いていて、まるで本物みたいだ。それに絵を見ているだけで、彼の優しい気持ちが伝わってくる。

「市川さんは色覚異常になってしまったけれど、色をなくしたわけじゃないと思うんだ。だって、お父さんとの思い出を今でも大切にしているし、西園寺さんのことが大好きだって言ってたし、夏南のキーホルダーをずっと持っていてくれたし、俺が大地に殴られた時は絆創膏だって貼ってくれた。ちゃんと関わった人たちを大切にできる人だよ。むしろ、この世の誰よりも市川さんの色は綺麗だと思うんだ。今ならわかる。市川さんの心が透明だったから顔が見えたんだよ」

「え？　私が透明……ですか？」

「うん。チューリップや菜の花に感動したり、俺の絵に感銘を受けてくれたり、いいものはいいって思える素直さを持っているんだよ。市川さんはこれから自分の心に好きな色を灯せる。なりたい自分になれる可能性がいっぱいあるんだよ。そんな気がする」

「ちょっ、ちょっと待ってください。そんなに私は綺麗じゃないです。だって私は先輩の夏南ちゃんへの気持ちを利用したんですよ？」

「それを言うなら俺は、いつもいろいろな人の顔色を窺って生きてきた。だから、市川さんは気にしなくていい」

「今なら夏南ちゃんが先輩を選んだ理由、わかる気がします。優しすぎるくらい優しいからなんだって」

　いろいろなことがありすぎて自分を抑圧してしまっていた。春野先輩のおかげで、変わりたいと思えるようになった。先輩だけじゃない。今まで関わった人たちから、多くの色を貰ったんだ。人は常に感情を変化させて生きていて、塗れる色が多ければ多い程人生を豊かにできる。

「優しくなんてない。いつだって俺は自分のためにしか行動できなかったよ。市川さんは夏南に似ているから、市川さんと一緒にいれば夏南の顔を思い出せるんじゃないか、そんなことを考えてたくらいだし。だから、おあいこってことにしようよ」

「おあいこ、ですか？」

「そう。市川さんは俺の気持ちを読んだ上で協力してほしいと頼んだ。俺は市川さんを介して夏南を思い出そうとした。ほら、おあいこでしょ？」

　本当に春野先輩はおかしい人だ。どれだけお人好しなんだろう。ネガティブな結論しか出せない私と違って、ポジティブな結論ばかりが出てくる。面白くて笑いがこみ上げてきた。

「プレゼント、大切にしますね。ありがとうございます」

「気に入ってもらえたようで良かったよ。安心した」

胸を撫で下ろしたような表情を見た時、心臓が跳ねた。

「あのっ！　私からも伝えたいことがあるんですけど、いいですか？」

「伝えたいこと？」

「はい。私も皆に会ったことで、失くしていたものを取り戻せるようになったんです」

お父さんと一緒に写真撮影をしたり、絵を描いたりするのが好きだったこと。怜佳ちゃんの演奏を見にいくのが楽しみだったこと。夏南ちゃんと一緒に遊ぶ夏休みが特別に感じていたこと。

春野先輩のひた向きさに惹かれたこと。伊勢谷先輩の大らかさに救われたこと。怜佳ちゃんの優しさに甘えていたこと。過去の出来事すべてが今の私を形作る。

「失くしていたもの、それは好きっていう気持ちです。色覚異常になって私の心は死んでいて、興味が持てるようなものがなにもなかったんです。けれど、皆のおかげで趣味や意欲を取り戻すことができたんです！　好きなものがたくさんできました」

ぎゅっとキャンバスを抱きしめながら、思いを語っていく。

「写真が好き。絵を描くのが好き。怜佳ちゃんが好き。夏南ちゃんが好き。お母さんも伯母さんも好き。伊勢谷先輩が好き。学校が、チューリップが、菜の花が、向日葵（ひまわり）が好き。何気ない毎日が好き。そしてなにより」

　色が戻っていく。言葉を紡ぐたびに、褪（あ）せた世界に彩りが加えられていく。閉ざした心に光が射し込んでいく。瞳に生気が宿る。枯れた心に潤いがもたらされる。心を曝け出すことはもう怖くない。これまでの出来事を思い出しながら、自分を奮い立たせる。

　学校で初めて話しかけた時、一緒に下校するのを嫌そうにしてたけど、私がストーカーにつきまとわれていることを知ったらすぐに協力する決意を固めてくれたね。私を楽しませようとチューリップや菜の花の場所に連れていってくれたり、ぬいぐるみをプレゼントしてくれたりもしたよね。

　ストーカーの住処を突き止めようとする案を出した時はびっくりしたし、それで本当にストーカーの正体を暴くことに成功するなんてすごいと思った。

　私が誘拐された時、伊勢谷先輩と一緒に扉を蹴破って現れてくれた姿がとってもかっこ良かったけど、春野先輩が刺された時は死んでしまうんじゃないかと怖かった。

　病院で抱きしめられた時は恥ずかしかったけど、嬉しくもあった。不思議な病を患っている秘密を明かしてくれて、似たような苦しみを抱えてることがわかって、運命のようなものを感じた。私の心を綺麗と言ってくれたのがなによりの救いだった。

貴方と描く毎日はいつだって輝いている。色褪せた今日を塗り替えられる力が、好きという気持ちには宿っていることを教えてくれた。

目を逸らさず、真っ直ぐに。気持ちに嘘はつかず、正直に。ありのままでぶつかる。

「春野先輩が好き。なによりも誰よりも春野先輩が大好きなんです。好きを取り戻させてくれた春野先輩がどうしようもないくらいに好きなんです！　私とお付き合いしていただけませんか？」

まくしたてるようにして、思いを伝えた。ちゃんと伝わっただろうか。もはや周囲の視線を気にするという意識さえ、頭から抜け落ちていた。

告白を受け、春野先輩の目が丸くなる。彼をじっと見つめ続け、沈黙を耐える。言葉が交わされない間が重苦しい。

「市川さん」

「は、はいっ！」

彼の声を聞き、反射的に背筋をピンと伸ばしていた。

「市川さん、俺のことを好きになってくれてありがとう。とても嬉しいよ。でも、ごめん。君の気持ちには応えられない」

その言葉を聞いてすぐに、唇を強く噛みしめ、拳を強く握っていた。

「市川さんだから応えられないんじゃない。誰が相手でも今はダメなんだ。まだ夏南への気持ちが残ったままなんだ。夏南のことがどうしようもなく好きなんだよ。こんな状態で誰かと付き合っても、お互い幸せになれないと思うんだ」

「そう……ですか」

俯きたい衝動を必死に堪える。ここで目を逸らしちゃダメだ。

「誰よりも俺の気持ちを知っている市川さんだから、ものすごい葛藤があったんだと思う。好きを取り戻そうと頑張ったのが伝わってくるよ。好きになってくれてありがとう。本当に嬉しいって思ってるんだよ」

目頭が徐々に熱くなっていく。私のことを理解して気遣ってくれる言葉が切ない。

「えへへ、やっぱりって感じですね」

頭を掻きながら、笑顔を作る。

「ごめん。ごめんね」

彼の心底申し訳なさそうにする姿を見て、涙が溢れてしまう。笑顔でいようと思うのに、簡単に堤防を破ってくる。謝らないでほしいって伝えたいのに、声が出せなくて言葉にならない。頭を横に振って表現する。

辛い。恋が成就していたらどれだけ幸せだろう。カップルになったら、いつもの下校がもっと楽しいものになっていたはずだ。手を繋いだり、ツーショット写真を撮ったりして、二人の思い出が増えていくんだ。大切な場所や時間が増えて、もっと世界を好きになっていける。そんな未来が見えた気がした。

今度は妄想を閉ざすために頭を振った。邪念を上書きするように、春野先輩の瞳を思い返すことにした。彼はよく遠くを見つめていた。一緒に会話をしていても、心がここにないという時があった。

接する時間が増えていくとカメラを使用しなくても、春野先輩がなにを考えているのかわかるようになった。遠くを見つめる時は夏南ちゃんを見ているのだと気付いたからだ。

好きと言う気持ちを忘れていた私にとって、好きを維持する春野先輩は憧憬の対象だった。どれだけ非情な現実に絶望しても、彼女への愛を失わずにいることがすごい。

「謝らないでください。だって……だって……夏南ちゃんのことが好きな春野先輩が好きだから」

もう一度、笑顔を作る。震えながら言葉を絞り出す。

「返事をくれてありがとうございます」

頭を下げる。嘘偽りない本心だ。私の気持ちを否定せず、真っ正面から向き合ってくれた彼には感謝しかない。

「市川さんは強いね。振った俺が言うのもなんだけど、笑顔を見せられるのはすごいよ」

「春野先輩に告白を受け止めてもらえたらどれだけ幸せでしょう。ショックが大きいのは確かです。でも、同時に安堵している部分もあるんです。これでも春野先輩のことはわかっているつもりです。夏南ちゃんへの愛が薄れていなくてホッとしました。私の告白を受けてもまったく揺れていなくて、これこそ春野先輩だなって気持ちになったんです」

「いつまでも夏南のことばかり考えているのはよくないって思うんだけどね。過去に拘(こだわ)っていてもいいことなんてないのは理解しているからさ。でも、今日は特に夏南のことを考えてしまうよ。あの絵を見せたかったなって」

「夏南ちゃんは見ていますよ。それどころか、よく頑張ったねって褒めていると思います」

「確かに夏南ならそんな風に言ってくれそうな気がするな」

彼に背を向けて窓へと移動し、外の景色を見つめる。輝いた世界が広がっていた。色を取り戻した幸せを噛みしめたいのに、涙が溢れて仕方がなかった。彼も察してくれたのだろう。声を掛けてくることはなく、そっとしておいてくれた。

文化祭が始まってから随分と時間が過ぎたようだ。見上げた空は夕焼けで、少し肌寒い風が頬を撫でる。

これでいい。これでいいんだ。想いは伝えられたし、色覚異常も治った。万々歳じゃないか。結果はわかっていたし、受け入れる覚悟もしていた。それなのに、なぜ？　どうしてこんなにも苦しくて仕方がないんだろう。

夏南ちゃん。見てくれたかな？　約束した通り、春野先輩に告白したよ。

昼と夜の境界線。青と赤の狭間で輝く一番星を見つけて、少しだけ頬が緩んだ。瞼を擦って、頬を叩く。何度か深呼吸を繰り返し、意識を整える。

お客さんの数がだいぶ少なくなっている。あと少しで楽しい時間が終わってしまう。泣いたままじゃダメだ。楽しまないともったいない。

「春野先輩！　ごめんなさい。お待たせしました！　もう大丈夫です」

「うん」

「そんなに気まずそうな顔をしないでくださいよ。先輩はなにも悪くないんですから。それに聞いてください。朗報です。春野先輩からお誕生日プレゼントを貰ったおかげか、色覚異常が治りましたよ！　もう白黒じゃないんですよ！」

「ほ、本当!?」

「はい。本当に春野先輩のおかげです！　ささ、一緒にどこか回りましょう！　早くしないと文化祭が終わってしまいますよ」

「そうだね。行こうか」

やっぱり初恋は叶わなかった。けど、今はもう心は晴れやかだった。溜め込んでいた感情をすべて吐き出したことで、胸の中がいい意味で空っぽだからだ。今なら空だって飛べそうな気がする。充足感を味わいながら、春野先輩といろいろな場所を巡った。

　やがてお客さんは校内にいられない時間になり、お母さんと伯母さんを春野先輩と共に昇降口で見送ることにした。スリッパから靴に履き替えた伯母さんが、春野先輩を抱きしめた。

「春野君、ありがとう。素敵な絵だったわ。久々に娘の良い笑顔が見られて嬉しかった」

「絵の具をプレゼントしてくれたおかげですよ。見てくださってありがとうございました」

「もう大丈夫ね？」

「はい」

　春野先輩の即答に気を良くしたのか、伯母さんは大きく伸びをしながら微笑んだ。

私もお母さんに話しかける。

「お母さん、色覚異常が治ったよ」

「麻友、それは本当？」

「うん。実はね、春野先輩の絵だけは色覚異常だった頃から色が見えたの。それで今日、この菜の花の絵をプレゼントしてもらえたおかげで、目が治ったんだ。彼の愛情がたっぷりつまっているのを見て、色が世界中に広がったの。だからもうお母さん。心配しなくていいよ。今まで私は、お母さんに心配を掛けたくなくて一人で抱え込もうとしてた。それがいけなかったんだよね。もっと早くからお母さんに頼っていれば、別の解決策もあったかもしれないのにね。いろいろと迷惑を掛けてごめんなさい」

「麻友、謝らないで。私がしっかりと貴方の意見を聞いてあげなかったのが、そもそもの原因よ。再婚ができたことの喜びに囚われて、実の娘を蔑ろにしてしまった罪はあまりにも大きいわ。私のほうこそ、麻友に苦労を掛けてごめんなさい」

親子揃っての謝罪。言葉を交わさなかったせいで起きたすれ違い。長年積もったわだかまりがようやく解消されていく。

「私はなにも知らなかったのね。麻友がなにを好きなのか、どんなことに興味があるのか、まったく見ようとしてこなかったことに気が付いた。麻友はいつもあんな風に暗くて締めつけられるような景色を見ていたのね。辛かったでしょう。苦しかったでしょう。よくこれまで頑張ったわね」

私もお母さんに抱きしめられた。せっかく引いた涙が再び溢れてしまっていた。交わる体温。背中をさする手が温かい。

「うん。そうだよ。頑張ったんだよ。ずっとずっと頑張ってきたんだよ」

褒めてほしかった。認めてほしかった。肯定されたかった。

やっと言ってもらえた。長い間、欲していた言葉が耳を撫でる。

「ええ。すごいわ。麻友、頑張ったね」

「うん。うんっ……！」

抱擁（ほうよう）をしばらくした後、私たちはどちらからともなく離れる。

「麻友。プレゼントの代わりになるかわからないけど、ケーキを作って家で待っているわ。一緒に食べましょう」

「お母さん！」

「な、なにかしら？」

小学生の頃の私は、いつも小言を言ってくるお母さんより、なんでも褒めてくれるお父さんのほうが好きだった。お父さんの影響で観葉植物や写真撮影、お絵描きに興味を持つようになったくらいだ。

だからこそ、お父さんが交通事故に遭（あ）ってこの世を去ってから私は暗くなった。友だちを積極的に増やそうとしなくなり、殻に閉じこもるようになった。

名前に反した生き方しかできない自分が嫌いだった。

怜佳ちゃんみたいな特技が、夏南ちゃんみたいな明るい性格が欲しかった。

私にはなにもないって思ってた。

「お母さん。私はさ、嫌なことがあると部屋に閉じこもったりして弱いところばっかりだったよね。クラスの皆といっぱいお喋りをするような明るい性格じゃなくなって、友だちも少なかったよね。でもね。西園寺怜佳ちゃん、春野律さん、伊勢谷大地さん。三人の頼れる友だちが……親友ができたよ。これからは、いっぱい友だちを作ってたくましく生きていくのが目標なの。プレゼントならもう貰ってる。充分すぎるくらい貰ってるよ。だって、私は『麻友』だから！　麻友って名前をつけてくれてありがとう」

名前。それは――この世に命を授かった時に、最初に貰うプレゼント。

祝福された者に贈られる愛の結晶。明日への導として背中を押してくれる。

そしてなにより。

「麻友、これだけは絶対に忘れないでね。これから先、なにがあっても私は麻友の味方だからね」

「うん！」

独りではないことを思い出させてくれる言葉。

お母さんと伯母さんが帰った後、私と春野先輩もクラスに戻るために別れることになった。別れる直前に四人で水族館へ遊びに行く約束を交わすことができた。

文化祭の片付けをする時間だ。散乱したゴミなどを回収したり、置かれていたものを撤去したりしなければいけない。

昼間程騒いでいる生徒はいないが、楽しさの余韻が残っているのか、机を元の場所へと運んでいる間も楽しそうにお喋りをしていた。

教卓の上に畳まれた状態で置かれているメイド服。消されている最中の黒板に残っているポップな文字。一か所に集められた無数の風船。それらを見て、文化祭が終わるという事実を肌で感じていた。

泣いたり笑ったり忙しい一日だった……なんてしみじみと感傷に浸っている余裕はない。クラスの次は写真部の片付けだ。各々が展示した作品を自宅に持ち帰らなければならない。あまりにも忙しいので、怜佳ちゃんとじっくり会話ができるようになるまで、長い時間を要してしまった。

学校の門を二人でくぐる。ついさっきまで、騒がしいくらい皆の笑い声で溢れる空間にいたからか、静かな夜の帰り道がやけに寂しく感じられた。怜佳ちゃんは右手に紙袋を持って歩いている。

「怜佳ちゃん、お疲れ様。なんだかあっという間だったね」

「麻友もお疲れ様。色覚異常が治ったって話は本当かしら？」

「うん。本当だよ。春野先輩の絵のおかげだよ」

いつもより帰る時間が遅いせいか、はたまた、色が見えるようになったからか、通学路が違う世界のように見えていた。普段なにげなく通り過ぎていた近隣の家の壁色が、想像とはまったく違う色だったりすると余計にそう見えてしまう。

「怜佳ちゃん。私、春野先輩に告白したよ。振られちゃったけどね」

「麻友のことだから、しょぼくれたりしているかなと思ってたけど、そうでもなかったのかしら」

「うん。ある程度、予想できてたし」

色が見えるようになってからまだ数時間しか経っておらず、怜佳ちゃんが色つきで見えるようになったのも、ほんの少し前からだ。わずかな時間しか対面していないけれど、彼女が掛けている赤い眼鏡がやたらと目につく。派手な色だからだろうか。

「はぁ〜。目が真っ赤よ？　相当泣いたんでしょ？　見ればわかるんだから、みえみえの嘘なんてつかないの」

アスファルトに書かれた法定速度の数字を見つめながら、「失恋ってとっても辛いね」とだけ言った。

「そうね。とっても辛いわ。想い続けた時間が長ければ長い程、辛いものになる。でもね、振られたとしてもそれで自分の中の相手の価値が変わってしまうわけじゃない。相手を想っていられた時間は、幸せだった思い出としていつか自分の中で消化できるようになるわよ」

　慰めようとしてくれているんだろう。彼女を振ったのは私なのに、失恋の痛みを和らげようとしてくれる。そんな優しい怜佳ちゃんに、私は今まで甘えてきたんだな。

「ねぇ、怜佳ちゃん」

「ん？　なぁに？」

「慰めてくれているところ悪いんだけどさ、春野先輩を諦めるつもりは毛頭ないよ」

「へぇ……それはどうして？」

「春野先輩が夏南ちゃんのことを好きなのはわかり切ってたから、一回の告白でお付き合いをする関係になろうなんて思ってないよ。変化した私を見てもらうために、文化祭にきてほしいってお母さんに伝えたのと同じでね、成長して変わっていく姿を春野先輩に見せていくって決めたの」

　十字路に差しかかったところで、私と怜佳ちゃんの足が完全に止まった。車がやってくる気配はない。充分に渡ることが可能なのに、怜佳ちゃんの視線を受け止め続けていた。

「まさか……告白を決めた時から考えていたことなの？」

「あはは。あの時は普通に、春野先輩と付き合いたいな～って思ってたよ。でも、文化祭で告白をして、春野先輩に衝撃を与えられた。これからは、先輩が私を意識するようになる。二人の関係性を深めていけば、いずれ私への恋心が芽生えてくると思うんだ」

　今日改めて、私に対して感謝の気持ちを抱いていることがわかった。嫌われていない確証が手に入った。なら、きっと大丈夫。そう思えた。

「私が女を磨いて、夏南ちゃんみたいな素敵な女性になれば、彼に好きになってもらえる。春野先輩の灯（ともしび）になるって決めたからね、努力はこれからもしていくよ」

　左手で胸を叩いて笑ってみせると、怜佳ちゃんもお腹を押さえて笑いはじめた。

「麻友は強くなったのね。こんなにも自信満々な麻友、初めて見たわ。今の話を聞いて安心した。これで気兼ねなくプレゼントを渡せる」

　紙袋を持っている右手を、こちらに差し出してくる。

「えっ！　これ私へのプレゼントだったの？」

「春野先輩がお誕生日プレゼントを渡すのに、わたくしが麻友にプレゼントをあげないわけないでしょ。驚いてないで早く受け取りなさいよ」

「うん。ありがとう。なにが入っているんだろうな～」

「見ていいわよ。大したものじゃないし」

　彼女の言葉に頷いて紙袋を開けると、桃色のワンピースが入っていた。

「麻友はあまり可愛い服を持ってないからね。春野先輩の気を引きたいなら、そういう服装をするべきだと思うわ。それで、遊びに行く約束は取りつけられたの？」

「うん。OKを貰えたよ！」

「ならちょうどいいわね。それを着ていけばいいんじゃないかしら」

私は目立つような色の服装をあまり選んでこなかった。色覚異常だったので、色の組み合わせを吟味しながらのコーディネートがまったくできなかったからだ。

結果、地味な服装を選ぶようになっていた。あとは肌が露出していないかも大事な要素だった。男性の視線が過剰なくらいに気になっていた時期が、選択肢を狭めていた。

桃色なんて家のクローゼットには絶対ない。見てもらうことを意識した服装で春野先輩に会いに行く自分を想像したら、恥ずかしくなってきた。

怜佳ちゃんの眼鏡がどうしても気になってしまうのも、絶対に選ばない色だからかもしれない。

「ありがとうね、怜佳ちゃん！」

「お礼なんていいわよ。わたくしと麻友の仲じゃない。実はね、告白してしまった理由の一つは、春野先輩から麻友の誕生日を聞かれたからなの。美術部に復帰した頃から、麻友にプレゼントを贈るって決めていたんでしょうね。春野先輩が麻友のために頑張っている姿を見るたびにイライラしていたわ」

「そっか。だから、ずっと様子がおかしかったんだね。やっと納得がいったよ。そういえば怜佳ちゃんは、伊勢谷先輩と文化祭楽しめた？」

「ええ」

表情を変えずに頷くものだから、どのくらい楽しめたのかよく伝わってこない。伊勢谷先輩は女性と二人きりでも場を和ませられそうだけど、怜佳ちゃんは楽しくなかったのかな。

「今までは麻友と一緒にいられればそれでいいと思ってたから、他人を遠ざけて生活してきたけど、麻友に振られてからいろいろと考えたの。少しずつでも、ほかに好きな人を見つけられるように頑張ろうって」

「怜佳ちゃん……」

「春野先輩が相場さんのことを好きで居続ける気持ちがわかるくらいには、麻友のことが好き。そう簡単に諦められるわけじゃない。でも、頑張ろうとする麻友を見たら、わたくしも頑張らないわけにはいかないじゃない？　だから、今日は伊勢谷先輩と仲良く話せるように頑張ってみたわ。友だちを増やす練習ね」

「怜佳ちゃんは、安心して身を預けられる人が合ってるかもね。しっかり者だからついつい面倒を見る方向に走りがちだけど、本当は引っ張っていってもらうほうが向いているのかもしれないよ」

「ま―た、他人事だからって好き勝手言っちゃって……」

「えへへ、妄想してるだけだからいいでしょ～」

「伊勢谷先輩は本当に人間ができている人だから、悪くはないと思うわ。でもどんなに素敵な人が目の前にいても今は無理ね。わたくし自身がまだほかの人に恋をする姿が想像つかないから」

怜佳ちゃんにも良い出会いがあればいいなと思う。

「わたくしも四人で遊びに行くのを楽しみにしているわ。男女でグループになって休日を過ごすなんて今までなかったことだから、ドキドキしているの」

私も怜佳ちゃんも交流を広げていかなくちゃいけない。特に異性の交流する相手が圧倒的に少ない。春野先輩や伊勢谷先輩以外とも仲良くなれるようにしていかないとね。だって『麻友』だもんね。

「ねぇ、怜佳ちゃん。遊びに行く話とは関係ないことなんだけど、一つお願いしたいことがあるんだ」

その一歩目を今、踏み出そうと思う。これから先、彼女に甘えなくていいように。

「わたくしにしてほしいことがあるの？」

彼女の質問に首肯で応えて、言葉を紡ぐ。

「まず、勘違いしてほしくないから言うけれど、怜佳ちゃんが嫌いになったわけじゃないってことを伝えておきます。私が考えて決めたことなんだっていうのを理解してください」

「なんで敬語なのよ……そんなに畏まって言うこと？」

「今まで一緒に登下校してくれてありがとうございました。これからは一人で学校に行こうと考えています」

頭を深く下げて、感謝の気持ちを表す。彼女が隣にいてくれなければ、学校に行けなかったと思う。家から一歩も出ず、部屋で震え続ける日々を送っていたかもしれない。こうして学校生活を送れていること自体が奇跡だから。

「いつまでも怜佳ちゃんが隣にいてくれるわけじゃないと思うんです。いつか私たちは別々の道を歩いていくことになる。春野先輩が美大に行くことを決意したように、私たちが高校を卒業したら離れ離れになっちゃうかもしれません。だから、怜佳ちゃんが私のことを心配しなくて済むような女の子にならないといけないんです。私を支えることばっかり頑張ってきた怜佳ちゃん。これからは自分のために生きてほしいんです。私の幸せじゃなくて、自分の幸せのために」

頭を下げ続けたまま思いをぶつけていく。

「本当にありがとうございました。私の自慢で憧れでかっこいい怜佳ちゃん。これからは一人で、自分の足で生きていきます」

「そう。強くなったのね……麻友はもう自分の足で歩いていけるようになったんだね。わかった。来週からはもう待ち合わせ場所には行かないわ。わたくしたちの教室で待ってる」

怜佳ちゃんの声が震えているのがわかり、私は思わず顔を上げる。

すると、顔を真っ赤にして大量の涙を流しながら、真剣な瞳で私を見つめる怜佳ちゃんの姿が視界に飛び込んできた。美しい雫が頬から顎へと移動していく。

「うん。待ってて。必ず怜佳ちゃんに追いついてみせるから。そして、今度は私が背中を見せる番だからね」

「こら、調子に乗らないの。わたくしの隣は歩けるようになっても、そう簡単に越せると思わないことね。麻友が一歩前に進めば、わたくしだって一歩前に進むんだから」

「じゃあ二歩進むね」

「ならわたくしは三歩進むわ」

真剣に競おうとしている自分たちがおかしく思えてきて、しばらく見つめ合った後、同時に噴き出した。

「あははは、おかしいね。なんでこんなことで」

「そうね。意外とわたくしたち負けず嫌いなのかも」

涙が出るくらい腹を抱えて笑って。自分の気持ちを曝け出して。

理解してくれる仲間がいることを誇りに思って。

切磋琢磨していける関係性が嬉しくて。

世界がまた一つ綺麗に見えるようになった。

「なら、ここでお別れにしましょうか。一人で帰れるわね？」

「うん。大丈夫だよ。じゃあ、またね！」

「ええ、またね」

私は左に、怜佳ちゃんは右に十字路を進む。

振り返ることはしない。心が通じ合っていればどんなに違う道を進んでいても会えるから。きっと大丈夫。

自宅が見えてきた。白いカーテン越しに明かりがリビングに灯っていることを確認すると、自然と歩調が速くなっていた。玄関を開けると、すぐにお母さんが出迎えてくれた。

話したいことがたくさんある。夜は長い。たっぷり話そう。せっかく色が見えるようになったんだ。ケーキを食べながら、私が描いた七色のチューリップを一緒に見よう。だからまずは、元気な声で伝えるんだ。

「お母さん、ただいま！」

もう俺の目が人の感情を捉えることはない。夏南が亡くなってからの一年間、俺を苦しめた心視症は完治した。本来見えるはずのない心を、どうして認識できたのか。答えは永遠に謎のままだ。

ただ、今だからこそ思う。俺や市川さんが前を向いて歩けるようになったのは心視症のおかげだと。これがなかったら、ストーカーに勝つことはできなかっただろう。感謝していないと言えば嘘になる。

色が見えた俺と色が見えなかった市川さん。俺たちは紆余曲折を経て、憂いのない十月に辿り着いた。俺は水族館の入口前に立っていた。現地集合の約束だからだ。まさかもう一度、この場所にくることになるなんてな。

ショルダーバッグにつけたペンギンのキーホルダーを見る。夏南とデートをした時に購入したことを思い起こす。俺が青色で、夏南がピンク色だった。

市川さんが夏南のキーホルダーを持っているなんて思わなくてびっくりしたな。小峰に胸を刺された時に壊れてしまったけれど。

市川さんが水族館で遊ぶことに拘(こだわ)ったのは、ピンク色のキーホルダーを購入したいからしい。

今日が良い天気で良かった。昨日、雨が降っていたから心配だったけれど、晴れてくれた。水たまりが空の様子を地面に映し出し、透き通った空気が風と共に流れていく。気持ちの良い朝だった。

水族館が開館するのと同時に中に突入する予定らしいので、九時になる前に皆も現れるはずだ。

「よっ」

黒色のジャケットの下に白色のティーシャツを着て、ベージュ色のパンツを穿いた大地が現れた。

「律、早いな」

「ああ。早めに到着して待つようにしているんだ」

「ははっ、そういえばお前はいつもそうだったな」

待つのは苦じゃない。楽しいことがこれから始まるんだって期待に胸を膨らませながら、時計を見るのが好きだから。

左手首につけた腕時計を見ながら、くすりと微笑む。こんな風に、未来に対して自然と希望を抱けるようになった自分が不思議に思えた。

トラウマだったはずなんだけどな。夏南が待ち合わせ場所に現れなくて、約束の時間が過ぎていくのを見るのが怖かったんだ。あの日、どんなに止まってほしいと願っても時計の針は動き続けた。雨に濡れながら、血の海が広がっていく様を見ていることしかできなかった。むしろ、時間が巻き戻ってほしいとさえ思っていた。

「それにしてももったいないことしたな」

唐突に大地が口を開く。

「市川ちゃんを振っちゃうなんてもったいないことをしたよな」

「しょうがないだろ。俺は夏南のことが好きなんだから」

「お前の言い分はわかる。わかるけどどな、それでももったいねーよ。あんなに真っ直ぐに努力できる女の子なんてそうそういねーぞ。あーあ。お前の事情を理解してるから、かなり勇気を振り絞って告白したんだろうな。あ～あ」

後頭部に両手を回して言う大地が、ちょっとウザく見える。

「うるせぇっ！　確かに、市川さんが彼女だったらうまくいきそうな気はするよ？　告白をしてくれたのは嬉しかったし、市川さんに悪いところなんて一つもない。これは俺の問題なんだよ」

「市川ちゃんはこれからどんどん魅力的な女性になっていくぞ。そんな気がする。ちんたらしていると、違う男に取られちまうぞ」

大地が真剣な目をしていた。まったくこれから遊ぶっていうのに、なんでこんな話をしなくちゃいけないんだか。

「俺が市川さんのことを好きになるかはわからない。でも、これだけは約束できるよ。いつか夏南への気持ちに区切りをつけて、別の誰かを好きになったとしたら、今度こそ愛した人を幸せにするよ」

「ああ。それでこそ親友だ。よくぞ言った。お前に新しい春がやってくるといいな」

「おはようございます！」

不意に元気な声が響く。声のしたほうに視線を移すと、手を振りながら近付いてくる西園寺さんの姿があった。

彼女も変わった。初めて会った頃のとげとげしい雰囲気がなくなって、柔和な空気を醸し出すようになった。

「おはようさん、西園寺ちゃん」

白色のトップスと紺色のデニム姿の西園寺さんは、黒色のバックを肩に掛けている。三つ編みと赤色の眼鏡は見慣れているが、私服は新鮮に感じる。

「あはは、春野先輩、わたくしのことを見すぎですよ。おかしなところでもありますか？」

「いいと思うよ。似合ってるんじゃないかな。市川さんは一緒じゃないの？」

「ふふ、ありがとうございます。麻友とは一緒にきましたけど、最後に登場してもらおうと思いまして。見惚れるならあの子にしてあげてください」

西園寺さんが後ろを向いて、こちらにくるように手招きをする。すると、柱の背後に隠れていた市川さんが顔を出した。

「おお……」

隣にいる大地が、吐息と共に感嘆の声を漏らす。彼の気持ちが良くわかる。市川さんの私服姿を見て可愛いと思ったから。

丈が膝上までしかない桃色のワンピースを着た市川さんが、ゆっくりと近付いてくる。ひらひらのフリルが可愛らしい。

「え？」

でも、呆然としていたのは彼女の服装に見惚れていたからじゃない。

「律君、どうしましたか？　そんなに固まってしまって。私の可愛らしさにやられてしまいましたか？」

目を擦る。ああ、大丈夫だ。ニヤリと笑う市川さんがちゃんと見える。市川さんだけじゃない。皆の顔を認識できる。

一瞬、市川さんの顔の前にモヤが見えた気がした。いや、違う。あれはモヤなんていう曖昧（あいまい）なものじゃない。激しく燃え盛る青い炎が揺らめいていた。これは直感でしかない。明確な答えなんてものは存在しない。あれは感情よりも強い決意だ。

「いや、ごめん。なんでもないよ。とってもいいと思う。か、可愛いよ」

「ありがとうございます。律君に褒められると嬉しいですね」

「ん？　律君？」

心視症が再発したのかと驚いていたのもあって、市川さんの呼び方が変わっていることに気が付くのが遅れた。

「夏南ちゃんがりっくんって呼んでいたので、私も真似をしようと思いまして。嫌でしたらやめますけど、どうですか？　律君って呼ばれるとドキドキしますか？」

市川さんがぐいぐいとくる。一緒に下校しようと初めて誘われた時を彷彿とさせる積極さだ。心臓が鼓動を速めて、彼女の猛攻にたじろいでいる。

「市川さんがそう呼びたいのなら、そう呼べばいいんじゃないかな」

思わず彼女から目を逸らしてしまう。見ていなくてもわかる。きっと今頃、彼女は満面の笑みを浮かべているんだ。

「やった！　ありがとうございます。よろしくお願いしますね、律君！」

夏南は待ち合わせ場所にくることができなかった。不幸な出来事によって俺たちは道を違えてしまった。誰かと共に歩くことができない悲しみを知った。

でも、待ち合わせ場所に集まってくれる新しい仲間ができた。一人ではないことを教えてくれる生涯の友ができたんだ。

文化祭の時、市川さんを透明と評した自分の気持ちを振り返る。

心視症になった俺と色覚異常になった市川さんは、心に塗れる絵の具が少なくなったから、悲観して過ごすようになってしまった。輝いていた時期を知っているからこそ、過去と今の自分を比べて暗いと感じてしまっていた。

色が足りないなら、他者に色を足してもらえばいい。俺が皆から色を与えてもらったことで、前を向けるようになったように。

「あ、開館時間になりましたよ！　いきましょう、皆さん！」

好きな気持ちに正直に。誠実で在ることが、色をなくさない秘訣だと知ったから。どんな壁や困難がこれから先に待ち受けているとしても、皆となら大丈夫。カラフルな明日を描いていける。俺たちの未来は、無限の色で彩れるから。

「ああ、思い切り楽しもう！」

俺たちは幸せ者だ。この世で一番の勝ち組だから。

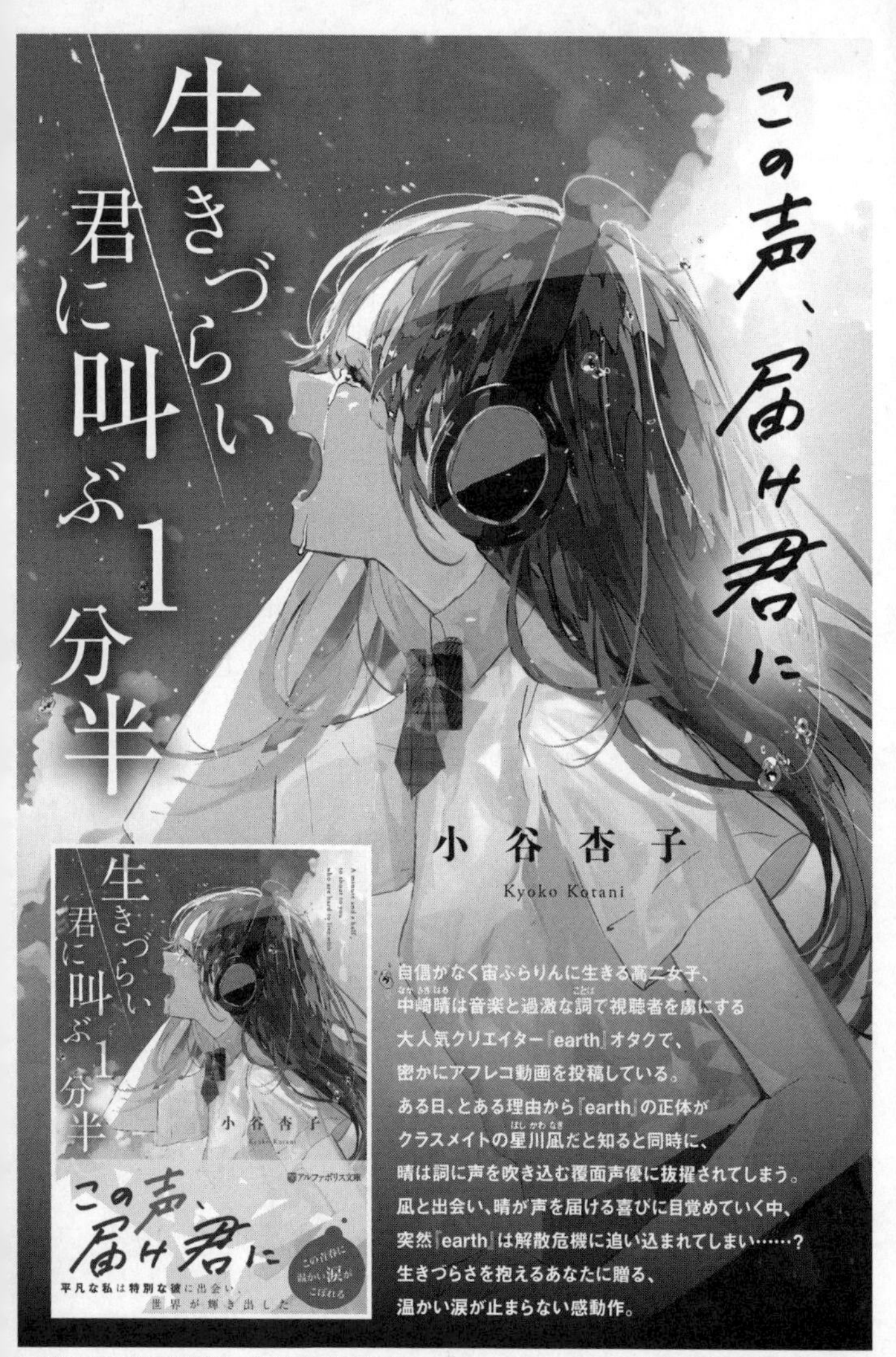

この声、届け君に
生きづらい君に叫ぶ1分半
小谷杏子
Kyoko Kotani
自信がなく宙ぶらりんに生きる高二女子、
中崎晴は音楽と過激な詞で視聴者を虜にする
大人気クリエイター『earth』オタクで、
密かにアフレコ動画を投稿している。
ある日、とある理由から『earth』の正体が
クラスメイトの星川凪だと知ると同時に、
晴は詞に声を吹き込む覆面声優に抜擢されてしまう。
凪と出会い、晴が声を届ける喜びに目覚めていく中、
突然『earth』は解散危機に追い込まれてしまい……？
生きづらさを抱えるあなたに贈る、
温かい涙が止まらない感動作。
生きづらい君に叫ぶ1分半
小谷杏子
アルファポリス文庫
この声、届け君に
平凡な私は特別な彼に出会い、世界が輝き出した
この青春に温かい涙がこぼれる

さよなら私のドッペルゲンガー
Goodbye my doppelganger
新田漣
Ren Nitta
先輩、忘れないって約束してくれますか――?
ノリと勢いだけで生きていると評される俺、
高校生の墨染郁人。
ある日、俺の前に白谷凛と
名乗る美少女の幽霊が現れた。なんでも彼女は
ドッペルゲンガーに存在を奪われ死に至ったらしい。
不幸な最期を遂げた彼女は、
俺にある一つのお願いを口にする。
――なんとかなるでしょ、だって夏だし。
凛との約束を果たすため、俺は真夏の京都を駆け巡る。
さよならがくれた決して忘れられない青春小説!
新田漣
さよなら私のドッペルゲンガー

この物語の中で、
私は脇役にしかなれない

かつて将来を約束しあった、幼馴染の千歳と拓海。北海道の離島で暮らしていた二人だけれど、甲子園を目指す拓海は、本州の高校に進学してしまう。やがて三年が過ぎ、ようやく帰島した拓海。その隣には、「彼女」だという少女・華の姿があった。さらに華は、重い病にかかっているようで——すれ違う二人の、青くて不器用な純愛ストーリー。

◉定価：726円（10%税込）　◉ISBN:978-4-434-30748-5

◉Illustration：爽々

この作品に対する皆様のご意見・ご感想をお待ちしております。

おハガキ・お手紙は以下の宛先にお送りください。

【宛先】

〒 150-6019 東京都渋谷区恵比寿 4-20-3 恵比寿ｶﾞｰﾃﾞﾝﾌﾟﾚｲｽﾀﾜｰ 19F
（株）アルファポリス　書籍感想係

メールフォームでのご意見・ご感想は右のＱＲコードから、
あるいは以下のワードで検索をかけてください。

ご感想はこちらから

アルファポリス文庫

瞬間（しゅんかん）、青（あお）く燃（も）ゆ

葛城騰成（かつらぎ とうせい）

2024年 5月 31日初版発行

編　集ー星川ちひろ
編集長ー倉持真理
発行者ー梶本雄介
発行所ー株式会社アルファポリス
〒150-6019 東京都渋谷区恵比寿4-20-3 恵比寿ｶﾞｰﾃﾞﾝﾌﾟﾚｲｽﾀﾜｰ19F
TEL 03-6277-1601（営業）　03-6277-1602（編集）
URL https://www.alphapolis.co.jp/
発売元ー株式会社星雲社（共同出版社・流通責任出版社）
〒112-0005 東京都文京区水道1-3-30
TEL 03-3868-3275
装丁イラストーajimita
装丁デザインー徳重 甫＋ベイブリッジ・スタジオ
印刷ー中央精版印刷株式会社

価格はカバーに表示されてあります。

落丁乱丁の場合はアルファポリスまでご連絡ください。

送料は小社負担でお取り替えします。


ISBN978-4-434-33898-4 C0193